Haiku du XXe siècle

Le poème court japonais d'aujourd'hui

Présentation, choix et traduction de Corinne Atlan et Zéno Bianu

nrf

GALLIMARD

TRINQUER AVEC SON ÉPOQUE

Autant et peut-être plus encore qu'un poème, le haiku est un mode de vie, un style d'être, une approche sensuelle *du monde. Il est — et c'est sans doute ce qui fait encore toute sa force aujourd'hui — une initiation à la vie poétique, à une perception autre des êtres et des choses. Cette vie plus vaste que la vie, cette « vraie vie », si chère à Rimbaud, les meilleurs haiku semblent nous en donner la clé — à la fois clé de sol et clé des champs. Comme s'ils ouvraient une brèche dans la réalité pour en prélever la part la plus juste. Comme s'ils étaient le lieu d'une exceptionnelle synergie entre rigueur formelle et densité émotionnelle.*

Course des nuages —
est-ce le bruit du bois mort
ou la crémation de mon père ?

Ôgushi Akira

Pourquoi aimons-nous tant le haiku ?, interrogions-nous dans l'introduction d'un précédent ouvrage[1]. *Et nous évoquions cette forme subtile d'acquiescement que le haiku suscite en nous, entre émerveillement et mystère, cette « éclosion spontanée d'une fleur de sens », cette capacité à restituer toute une* palette *de sentiments, à nous mettre en phase avec l'abîme de l'existence humaine.*

Difficile de mourir
difficile de vivre —
lumière de fin d'été

Mitsuhashi Takajo

Le haiku témoigne irréductiblement d'une présence, d'un monde où rien n'est anodin, d'un univers qui continue sans relâche de faire signe et sens, d'une rencontre élective. Il nous révèle toujours quelque chose de notre intimité profonde. On le re-connaît — même s'il nous prend au dépourvu. Il est comme ouvert sur une trame d'immensité.

Est-il possible d'habiter vraiment la vie ? De l'habiter jusqu'au bout ? Pour qui mise sur la passion — au sens fort — du vivant, tout ce qui peut être dit doit être dit. Rien n'est rejeté, rien n'est exclu, rien n'est étranger. *Tout est parole, et toute parole est potentiellement poésie. « Quoi qu'il en soit, écrivons des poèmes ! D'une façon ou d'une autre, ce que nous avons à dire, disons-le. N'est-ce*

1. *Haiku, anthologie du poème court japonais*, Poésie / Gallimard, 2002.

pas là l'incorrigible manie des compositeurs de haiku ?[1] », *s'exclame Katô Shûson, l'un des maîtres modernes du genre. Le haiku, poème condensé s'il en est, joue d'une sidérante indistinction entre « parole ordinaire » et « parole poétique ». Tout communique — tout communie. Les petits et les grands chaos du monde entrent dans l'écriture et l'imprègnent sans réserve. De sorte que tout haiku réussi nous apparaît comme un tremplin de méditation — traduisant au mieux ces moments où, saisis d'une évidence bouleversante, nous remarquons une fêlure sur le verre de la réalité. Tout à coup, le haiku* respire — *il respire parce qu'il permet de mélanger l'esprit et l'espace. Plus exactement, la surface du poème se voit transformée en espace intérieur. Le haiku occupe entièrement la vue, il éclôt dans le paysage mental jusqu'à l'emplir. Il nous offre ce surcroît de présence, où les frontières vacillent* amoureusement. *Tout pulse, tout palpite. L'esprit et l'espace se fondent et se confondent.*

La pluie commence à tomber —
c'est le battement
du cœur de la nuit

Sumitaku Kenshin

Seul l'art est capable de nous révéler la réalité : Bashô nous invite à écrire un haiku « comme on abat un grand arbre, comme on désarme un adversaire, comme on fend

1. Katô Shûson, *Le haiku, mesure du monde ?* in *Le vase de Béryl*, Philippe Picquier, 1997.

une pastèque, comme on engloutit une poire ». Préfaçant Le Manteau de pluie du singe *du même Bashô, son disciple Takarai Kikaku (1661-1707) insiste sur ce point : « Le premier principe de la magie est que si vous ne mettez une âme dans vos versets, ce ne sera qu'un rêve dans un rêve… » Et Bernard Noël, écrivant « À vif enfin la nuit » quelque trois siècles plus tard, semble lui répondre au plus près lorsqu'il affirme lumineusement : « Dans les vrais poèmes on ne trouve aucune autre* unité *que* celle du fond de l'âme. *(…) La poésie = le fond de l'âme révélé. »*

Pour le haijin, *le compositeur de haiku, tout se tient, tout est lié. Ce chasseur de sensations ne juge pas le réel à l'aune de ses attentes, mais s'attache à le saisir tel qu'il est. À le saisir dans l'occasion propice, dans l'attention vibrante à ce qui se présente. L'éternité se découvre ici comme la totalité du temps ramassée en un seul* instant d'infini, *où acte et événement s'accordent en un perpétuel écho. Il y a ainsi dans certains haiku, où la tension des mots est à son comble, une façon de se tenir au centre même du vivant, dans l'œil de nos cyclones. Une façon inimitable de dire le vrai.*

Juste avant le grand tremblement de terre
tout le monde
a rêvé

Sugiura Keisuke

Explorant la ligne de cœur de la solitude dans ses célèbres Notes de ma cabane de moine, *Kamo no Chô-*

mei (1155-1216) constate : « Les poissons ne s'ennuient jamais d'être dans l'eau. » Attentif à voir directement la réalité telle qu'elle est — et non telle que l'intellect la cartographie, la décrit ou la conçoit —, le poète de haiku s'attache à montrer vraiment *les poissons dans l'eau, à capter la tangente avec l'instant où les poissons sont le plus* absolument *poissons. Le réel n'est jamais dénié, tenu à distance, sacrifié sur l'autel de l'idéal ou du verbal. Au contraire, il donne lieu à un affûtement sans fin de l'écoute. Tout vrai poète de haiku est un élève du monde.*

Il assiège
la porte de la cuisine —
le cosmos

Kiyosaki Toshio

*

« Mon Automne éternelle ô ma saison mentale », s'émerveille Apollinaire[1] *dans un vers de « Signe » qui semble renvoyer directement à l'esprit même des* saijiki, *ces minutieux almanachs poétiques, comportant des milliers de « mots-saison », à partir desquels les haikistes modulent leurs poèmes. Cet* esprit *de la saison, constitutif de l'esthétique nippone pendant des siècles, a pris une*

1. Combien de somptueux haiku pourrions-nous prélever, découper dans *Alcools*? Ainsi :

La cétoine / qui dort / dans le cœur de la rose

autre dimension, littéralement inouïe, après le cataclysme de Hiroshima, dont nombre de créateurs contemporains ont fait un point de référence, une sorte d'année artistique zéro. À l'instar de Hijikita Tatsumi, fondateur du butô, qui a renouvelé l'art de la danse japonaise en rejetant le kabuki traditionnel et en s'inspirant du « théâtre de la cruauté » d'Antonin Artaud, certains haijin *ont abandonné la contrainte du mot-saison pour mieux restituer la présence simultanée de réalités hétérogènes à l'intérieur du haiku. Après Hiroshima, perçu comme une explosion de la saison, un hiver du cœur, un poète comme Kaneko Tôta a pu parler d'une « saison de la non-saison », d'une cinquième saison.*

Hiroshima —
j'ouvre enfin la bouche
pour manger un œuf

Saitô Sanki

L'illimité n'est jamais ailleurs que sous nos pieds — voilà ce que semble nous dire le haiku contemporain, proche, plus que jamais, de la fameuse injonction rimbaldienne : « fixer des vertiges ». Loin, bien loin de la culture de masse centrée sur le kitsch et le quantifiable, il continue de résonner, de mettre au jour de nouveaux gisements, de créer un espace singulier, entre règle et spontanéité, entre inventivité totale et nostalgie des anciens. Extraordinaire persistance *à travers les siècles d'un genre littéraire capable d'éveiller en nous une conscience de la vie comme miracle. De réanimer notre puissance d'intuition. De consentir, encore et toujours, à la dimension imprévisible du monde.*

Près de la gare
j'ai trinqué
avec cette époque aveuglante

Hoshinaga Fumio

Corinne Atlan et Zéno Bianu

NOTE SUR L'ANTHOLOGIE

Dans *Haiku, anthologie du poème court japonais*, nous passions du *haikai* — auquel Bashô (1644-1694), dans le Japon féodal d'Edo, donne ses lettres de noblesse — au *haiku*, dénomination due à Masaoka Shiki (1867-1902), qui renouvelle sous l'ère Meiji un genre relégué dans l'oubli par l'avancée du modernisme. Le XXe siècle, quant à lui, a vu s'épanouir le haiku sans mot-saison (*muki-haiku*) et le haiku de forme libre abandonnant le découpage classique en 5/7/5 syllabes, qui reste toutefois majoritaire. En outre, sont apparus des thèmes inconnus jusqu'alors, en écho aux intenses mutations de la société japonaise.

Pourtant, même en l'absence de mot-saison et du nombre de syllabes traditionnel, le haiku ne se confond jamais avec une autre forme poétique. Il constitue d'ailleurs un genre si particulier qu'un terme spécifique — *haijin* — différencie les « auteurs de haiku » des « poètes » classiques ou contemporains, appelés *shijin*. Certes, la recherche de formes nouvelles adaptées au monde d'aujourd'hui et dépassant la stricte classification des saisons japonaise a poussé certains *haijin* à s'intéresser de près à la poésie occidentale moderne — tout comme, en retour, la découverte du haiku a pu nourrir et inspirer des poètes aussi divers que Jack Kerouac, Gary Snyder, Philippe Jaccottet, Guillevic, Yves Bonnefoy, Michel Jourdan, Louis Calaferte, Kenneth White, etc. Il n'empêche : le haiku demeure un *état d'esprit* particulier, qui résiste à toute évolution de formes, à tout élargissement de thèmes. Le *haijin* authentique cherche avant tout à retrouver et exprimer, par-delà l'impermanence fondamentale des êtres et des choses, un espace/silence (*ma*) immuable qui prend ses sources au plus profond de la culture nippone, fondée tout autant sur une perception bouddhiste de la vie que sur l'animisme shintô, propre au sol japonais et antérieur à l'introduction du bouddhisme.

Le haiku d'aujourd'hui s'obstine à rendre compte d'une adéquation immédiate entre l'homme et l'univers, à laquelle la langue japonaise se prête plus naturellement que le français[1] : Katô Shûson s'identifie à la nuit voilée, Nomiyama Asuka à un arbre isolé dans la lande hivernale, Minayoshi Sôu à une carpe surgissant de la vase. La grue dans le crépuscule a des ailes de fumée, les plumes ouatées du cygne se confondent avec le brouillard. Dans un éclairant renversement — ou renversant éclairage — de la réalité, le *haijin* questionne la prétendue « solidité » du monde :

1. Sur la question de la transposition du japonais au français, voir *Haiku*, *op. cit.*, p. 19-21.

Dans l'œil de l'oiseau migrateur
je deviens
toujours plus petit

Ueda Gosengoku

L'attention du *haijin* aux manifestations les plus ténues du vivant — le souffle des vipères en hibernation, le pas des abeilles dans la ruche — demeure également saisissante, fidèle aux principes autrefois définis par Bashô. L'industrialisation effrénée de l'après-guerre, pourtant, a transformé les paysages japonais, et les haiku célébrant aujourd'hui les vues et les perspectives d'un Japon « éternel » tissent un écho nostalgique impensable du temps de Bashô. Ainsi ce haiku de Mizuhara Shûôshi, empreint de l'émouvante fragilité d'un monde en voie de disparition :

Étoiles sur les sommets —
le village aux vers à soie
dort en silence

Chaque ébranlement du siècle s'est répercuté sur le haiku, a provoqué des mutations et précipité la recherche de formes neuves correspondant à de nouvelles saisons humaines, à une palette élargie d'émotions. Katô Shûson résume ainsi les conséquences du « déferlement » de l'Occident sur le Japon : « Le haiku était au diapason de l'univers de façon traditionnellement passive. Cette situation, cependant, ne pouvait durer ; aujourd'hui, les relations entre le haiku et la réalité tournent à l'affrontement[1]. » Non seulement l'ère des mégapoles a ouvert de nouveaux domaines de mots-saison ou de « mots-clé », mais la généralisation des voyages lointains a aussi entraîné un élargissement de la notion même de saison.

Les poètes-voyageurs d'aujourd'hui ne sauraient décrire leurs impressions du monde à l'aune des anciennes saisons japonaises. À l'époque de Bashô, non seulement le Japon était coupé du reste de la planète, mais ni les îles tropicales d'Okinawa ni les vastes étendues du Hokkaidô ne faisaient même partie du pays, ces régions de l'extrême sud et de l'extrême nord ayant été rattachées seulement à la fin du XIXe siècle. Comment dire les saisons de lieux où règnent un éternel été, un interminable hiver ? On entrevoit ici la complexité des questions qui se sont posées aux *haijin* pour pouvoir adapter le genre aux exigences du XXe siècle. Kaneko Tôta, l'un des représentants majeurs du haiku contemporain, apporte une réponse avec son *muki-saijiki*, ou « almanach saisonnier hors saison ». Ce projet — qui ne tient de l'oxymoron qu'en apparence — rend compte de la volonté d'exprimer au plus près les nouveaux archétypes apparus au XXe siècle, notamment après Hiroshima.

La tragédie de Hiroshima, inscrite dans les listes de

1. Katô Shûson, *op. cit.*

kigo d'été[1], a imprimé sa marque au cœur des saisons japonaises, et l'humanité doit désormais compter avec cette « cavité ténébreuse », selon le mot de Kenzaburô Ôe[2], avec cet indicible et terrifiant *au-delà des saisons* dont la vision — « un cortège de fantômes, un océan de feu[3] » — ne cesse de hanter l'inconscient japonais. Dire l'indicible : telle est bien, d'ailleurs, la principale fonction du *muki-haiku.* Car s'il en existe quelques exemples précoces sous la plume de Bashô ou d'Issa, c'est autour de la Seconde Guerre mondiale que le haiku « hors saison » a connu son plus grand essor. Il est des circonstances, des moments de l'histoire, que seule l'absence de saison semble pouvoir exprimer. Certaines écoles rejettent néanmoins le *muki,* au prétexte que l'indication de la saison fait partie intégrante du haiku.

Loin d'entrer dans les controverses qui opposent les tendances diverses du haiku contemporain — cette pluralité constitue d'ailleurs une constante de l'art japonais, fondé sur des règles fixes qui nécessitent, dès que l'on veut y déroger, l'établissement d'une nouvelle catégorie — nous nous sommes laissés guider, comme dans notre première anthologie, par des choix esthé-

1. La commémoration du cataclysme de Hiroshima, le 6 août 1945, est souvent associée aux fortes chaleurs humides caractéristiques du mois d'août japonais. Le caractère métaphysique de certains haiku évoquant Hiroshima nous a cependant incités à les classer plutôt en « hors saison ». Ainsi notre choix saisonnier ne respecte-t-il pas toujours à la lettre le classement traditionnel, mais répond à une volonté délibérée de donner un éclairage particulier à tel ou tel poème.

2. *Notes de Hiroshima,* Gallimard, coll. « Arcades », 1996.

3. Id.

tiques résolument subjectifs, tout en nous situant dans une perspective panoramique. Nous avons fait le choix de réunir l'ensemble de ces tendances autour d'un même territoire poétique : celui de l'« après-Hiroshima ». La défaite, et surtout l'expérience apocalyptique de Hiroshima, ont entraîné un terrible déchirement intérieur, une remise en question de toutes les valeurs, et marqué le début d'une ouverture au monde sans précédent. C'est en effet dans l'après-guerre que l'archipel nippon a connu sa « seconde ouverture » : le processus d'occidentalisation largement entamé sous Meiji (1868-1912), puis interrompu pendant la période de l'ultranationalisme, prend alors un nouvel essor, qui trouve aujourd'hui son prolongement dans l'aspiration du Japon à prendre toute sa place au cœur d'un monde « globalisé ».

Nous avons pris le parti de sélectionner des poètes ayant connu la fracture de Hiroshima, ou nés après 1945, de sorte que l'ensemble de notre anthologie présente une radiographie du Japon du XXe siècle. Toutefois, nous avons fait entorse à cette règle pour certains haikistes marquants, trop tôt disparus, tels que Shiba Fukio, Shinohara Hôsaku, Ozaki Hôsai et Taneda Santôka.

Les *haijin* présentés ici ont vécu ce siècle dans leur chair. Ils ont été blessés au front, ils ont connu la prison, la maladie, les deuils, les grands tremblements de terre. Ils témoignent aussi bien de l'extrême pauvreté qui caractérise l'immédiat après-guerre que de la reconstruction des villes et de l'expansion industrielle qui a suivi ; ils nous parlent aussi bien d'un Japon sensuel et joyeux qui perdure, avec ses fêtes populaires, ses femmes en kimonos et ses ex-voto naïfs déposés à l'entrée des sanctuaires, que d'un Japon plus sombre où sévissent pollution, chômage, et où s'effondrent les valeurs traditionnelles. Dans ce portrait serré du Japon de 1945 à nos jours, les interrogations sur l'avenir et le passé côtoient sans cesse un émerveillement quotidien devant la nature et ses manifestations les plus infimes.

Ainsi, nous avons composé le chapitre « Hors saison » comme une méditation d'un habitant de ce pays insulaire : un vieil homme, seul face à la mer, évoque ses souvenirs de guerre, Pearl Harbour, Hiroshima, puis son enfance, ses parents, songe à sa femme, ses enfants, aux difficultés de la jeunesse actuelle. Il parle de l'amour, de la solitude, de la maladie et de la mort, tout ce qui fait une vie d'homme, et aussi des oiseaux, de la mer, des montagnes, de la beauté précieuse et sacrée de la nature. Tout cela se fait écho, tout cela se relie, comme un seul et long poème à même de dire le Japon — et peut-être le monde — d'aujourd'hui. C'est ainsi qu'il faut lire l'ensemble de ce recueil, dans l'esprit des *renku* (« chaînes de poèmes ») d'autrefois.

C.A. et Z.B.

PRINTEMPS

Promesse de printemps —
le milan des plaines
rejoint les nuages

Iida Dakotsu

Dans cet amas de cristal
les premiers signes
du printemps

Ozawa Minoru

Entouré de branches mortes
il se redresse —
le printemps !

Ishikawa Keirô

Bras croisés
le printemps médite
sur la vitesse des racines amères

Fuyuno Niji

J'attends le bus —
le printemps est dans l'avenue
qui en douterait ?

Ishida Hakyô

Ce jeune homme —
mon printemps revenu
soixante ans après[1]

Nagata Kôi

Journée froide de printemps —
le vieux moine
n'en finit pas de rapetisser

Kaneko Tôta

Dans le bassin d'ablutions[1]
la lune de mars —
je t'attends

Mayuzumi Madoka

Équinoxe de printemps —
à la porte du temple de montagne
les nuages sont aux anges

Iida Dakotsu

Café au lait —
au quinzième jour du printemps
le train est en retard

Fuyuno Niji

Aux poignées suspendues du métro
les zombies du mois d'avril[1]
accrochent leurs mains

Hoshinaga Fumio

Drapeau en berne —
les jours
rallongent

Awano Seiho

Après-midi fleuri —
le désir abandonne
les cadavres

Wada Gorô

Monde lointain —
toujours plus lointain
sous le soleil radieux

Mizuhara Shûôshi

Dans la montagne
les arbres font halte —
on enterre le printemps

Wada Gorô

Le printemps s'éloigne —
raffinée même de dos
la poupée de Kyoto

Watanabe Suiha

Derrière moi
le printemps de la vie —
je croque une fraise

Mizuhara Shûôshi

Dans le secret du cœur
le printemps me manque —
j'ai vieilli

Awano Seiho

La mort en ce printemps
doit jouer
sur les rivages du ciel

Ishihara Yakka

La gare
pierre tombale des hommes —
tout s'embrume

Hoshinaga Fumio

Brume de chaleur —
lèvres
qui sentent le beurre

Ozawa Minoru

Comme ceux qui ont vécu longtemps
mes pupilles s'entourent
d'un halo laiteux[1]

Kaneko Tôta

Comme un bloc
de nuit voilée —
perdu dans mes pensées

Katô Shûson

Tokyo en mai —
un serpent d'acier
en incubation

Hoshinaga Fumio

La moto
serrée entre mes cuisses
sous la pleine lune de printemps !

Masaki Yûko

Étoiles sur les sommets —
le village aux vers à soie
dort en silcnce

Mizuhara Shûôshi

Foudre de printemps —
elle joue dans le ciel
sans descendre sur terre

Fukuda Kineo

Neige en pétales de pivoine[1] —
cette nuit-là
l'odeur de ma femme

Ishida Hakyô

Neige légère —
un seul sourire
et je me change en lièvre !

Fuyuno Niji

Je gravis la pente du printemps
pour y déposer
mes ex-voto d'amour[2]

Mayuzumi Madoka

Petits coups sur le sol
dans la montagne au printemps —
« Viens donc t'asseoir ici ! »

Ishida Kyôko

La montagne devant moi —
au premier chant d'oiseau
elle s'est éloignée

Matsumoto Takashi

En retard sur les randonneurs
au passage du col
la neige fond !

Matsune Tôyôjô

À l'ombre des andromèdes
les dernières neiges
cèdent peu à peu

Tomiyasu Fûsei

Aux murmures
du givre qui fond
le chasseur tend l'oreille

Iida Dakotsu

Fine couche de glace —
l'oiseau sort du ciel
pour mourir

Nagata Kôi

Fine couche de glace —
mon temps
se perd à dormir

Nomiyama Asuka

Tout à coup
la morsure de la glace légère
m'a fait bander

Nagata Kôi

Viens écouter
la glace
qui se craquelle sur le lac

Ozawa Minoru

Dans le vieux marais aussi
le printemps friselise —
la glace fond

Ozaki Meidô

Boue de printemps —
« c'est le siècle des femmes »
à ce qu'ils racontent !

Shiraishi Tsukako

Dans la rivière de printemps
la blancheur de mes pieds
maculés de boue

Kakimoto Tae

La marée de printemps —
ici elle s'emporte
là elle sourit

Matsumoto Takashi

Sur le terrain de l'usine
glisse
le parfum de la marée du soir

Yotsuya Ryû

Demain viendra toujours —
je songe à la marée basse
sans aller la voir

Yamaguchi Hatsujo

Deux jours en voyage —
la verdure
finit par teindre mes viscères

Takahashi Mutsuo

Je foule la verdure —
autour de moi
seules de vieilles marches de pierre

Takahama Kyoshi

Sur la terre reverdie
tourne une toupie —
ma femme va accoucher

Kaneko Tôta

À bord du jet —
mon esprit
et les gâteaux de mon pays[1]

Gotô Takatoshi

Rhume de printemps —
j'avais fini par oublier
ma propre voix

Mizuhara Shûôshi

Son ballon qui éclate —
pour le garçon
le ciel s'est éloigné

Suzuki Shin'ichi

Même derrière les barreaux[1]
on peut souffler
des bulles de savon

Hirahata Seitô

On arrache les poireaux —
l'empreinte étrange
de ce rêve de printemps

Iida Ryûta

Sur la langue d'une praire
la langue
d'une autre praire

Ozawa Minoru

Dans le volcan éteint
au fond du lac
le long baiser des truites

Maruyama Kaidô

Grenouilles dans le lointain —
le temps est venu
de vivre seul

Nakamura Kusatao

Par-delà
le grand auvent du temple zen —
un papillon de printemps

Takano Sujû

Pour voir les plaines de lumière
tu serais capable
de chevaucher un papillon !

Origasa Bishû

Je marchais
pour chasser mes idées sombres —
un midi de papillons !

Matsumoto Takashi

Le premier papillon du printemps
s'envole —
d'entre les rayures du zèbre

Imai Sei

S'il pouvait parler
ce papillon mourant —
qui appellerait-il ?

Terayama Shûji[1]

Une tortue crie —
« un homme
doit savoir se taire »

Tanaka Hiroaki

Quand une tortue crie
l'autre lève la tête
pour l'écouter

Nakahara Michio

L'éclair
dans les pupilles du faisan
vendu

Katô Shûson

Elles retiennent le regard —
les alouettes que l'exilé
a vu jadis s'éloigner

Kiyosaki Toshio

Première hirondelle —
dans le stade de base-ball
des milliers de places vides

Imai Sei

Il pleut des cordes —
un chat avance
son petit dans la gueule

Katô Shûson

Côte à côte
avec le moine zen —
le chaton fait sa sieste !

Hasegawa Kai

Chatons noirs à la queue leu leu —
nuit
de lune !

Iida Ryûta

Longue lignée de voyageurs[1] —
un chaton
ferme la marche

Katô Shûson

Tant de lignes droites
sur les cartes du futur —
fleurs de riz précoces

Kagiwada Yûko

Parmi les arbres en bourgeons
le noir
de la locomotive à la retraite

Chiba Kôshi

Pruniers blancs —
le ciel s'effondre   la terre s'effondre
l'espace s'effondre[1]

Nagata Kôi

Prunier blanc de fleurs —
que le courage
devienne le sel de la terre !

Nakamura Kusatao

Quand fleurissent les pruniers
le jardin s'emplit
de requins bleus

Kaneko Tôta

Un moine étudie —
écho de la chute
des pétales de cerisier

Yotsuya Ryû

Un pétale de cerisier
deux pétales —
sans fin je pense à toi

Mayuzumi Madoka

À l'unisson
s'en vont au ciel —
tempête de pétales

Takano Sujû

Cerisiers fleuris sous la brume —
l'éclat
de l'œuf dur que j'écale

Nakamura Teijo

Dans la fente intime
de la forêt en fleurs
un souffle de branchies

Yagi Mikajo

Cerisier en fleurs —
même sur la peau de l'empereur
des taches de vieillesse

Tagawa Hiryoshi

Il a traversé la longue longue guerre
et l'après-guerre aussi —
le grand cerisier!

Mitsuhashi Toshio

Kimono de la fête des Fleurs —
quand je l'enlève
tant de cordelettes enroulées à mes jambes[1]

Sugita Hisajo

Mille branches en fleurs —
mon vêtement de deuil[2]
est une seconde peau

Hashimoto Takako

J'ôte ma bague —
reste un doigt nu
dans le frimas des fleurs[1]

Mayuzumi Madoka

Frimas des fleurs —
dans mon atelier
la chatte vient d'avoir ses petits

Hihara Tsutae

Les azalées flamboient —
tout ce qui vit
va vers la mort

Usuda Arô

La glycine blanche —
quand elle tremble dans le vent
elle verdoie légèrement

Shiba Fukio

Fleurs de pêcher —
mes habits de tous les jours
mon cœur de tous les jours

Hosomi Ayako

Va-t-elle fleurir
va-t-elle fleurir ?
j'arrose ma cinéraire

Masaki Yûko

Jacinthes —
le chien m'écoute
on dirait qu'il me comprend

Nakamura Teijo

Au fond du jardin
père et fils
se penchent sur les pissenlits

Yamaguchi Seison

Si grandes
sous le ciel voilé —
les fleurs de pissenlit !

Matsumoto Takashi

Fleurs de grandes giroflées —
j'ai marché dans Tokyo
tout au long du jour

Wada Gorô

Orchis du printemps —
je les cueille
et les lance aux nuages !

Iida Dakotsu

Agenouillé
au milieu de l'armoise
pour la cueillir !

Takano Sujû

Au milieu des fougères
un Bouddha
couleur d'or

Mizuhara Shûôshi

Vent doux
sur le blé en herbe —
je plisse les yeux

Tomiyasu Fûsei

Je crois au Bouddha —
à la réalité verdoyante
des épis de blé !

Ogiwara Seisensui

ÉTÉ

L'été arrive
avec ses breloques
en forme de coquillages

Mayuzumi Madoka

Mâchant son chewing-gum
il remâche sa haine[1] —
le garçon de l'été nouveau

Hoshinaga Fumio

Moisson du blé —
je tremble au souvenir
de ma ville en flammes[2]

Terayama Shûji

Juin coule en pluie[1] —
la solitude
suinte des murs

Hoshinaga Fumio

Les nuages de mousson avancent —
aujourd'hui non plus
pas de travail

Suzuki Murio

Nuit trop brève[2] —
et si je l'abandonnais
ce bébé qui pleurniche ?

Takeshita Shizunojo

Ténèbres d'été —
comme si j'avançais
en serrant une aigrette dans mes bras

Hasegawa Kai

Mes chevilles croisées —
solitaire
dans la nuit des Tropiques

Yokoyama Hakkô

Presque une nuit d'automne[1] —
le souvenir
de sa main froide

Kinoshita Yûji

Saké de la veillée funèbre —
on parle de ma mère[1]
la nuit s'est rafraîchie

Mayuzumi Shû

Difficile de mourir
difficile de vivre —
lumière de fin d'été

Mitsuhashi Takajo

La lumière de cette fin d'été
est comme un couteau —
je quitte la maison[2]

Kadokawa Haruki

Dans le port
de l'été finissant
les souvenirs me lancinent

Akio Bin

Au fond de la source
une cuillère —
c'est la fin de l'été

Iijima Haruko

Les étoiles se fanent —
au fond du tiroir
le rasoir a terni

Ameyama Minoru

Juillet —
près des montagnes bleues
le haut fourneau

Yamaguchi Seishi

Été dans la réserve —
serrés au fond des livres
les mots des auteurs morts

Terayama Shûji

Sous le ciel brûlant
la voile d'un bateau
la voile de mon cœur[1]

Yamaguchi Seishi

Ce jour-là
le ciel brûle —
une marche traverse
l'Arc de la Mort[1]

Takayanagi Shigenobu

Sous le ciel sec
dans le delta
une horloge cassée

Imai Sei

Pas le moindre coin d'ombre —
je marche
en ce quinze août[2]

Sugawa Yôko

Plus épaisse que du sang
l'eau qui relie
les rizières inondées

Tsuda Kiyoko

Soûtras au chevet de la morte[1] —
les nuages s'accumulent
en silence

Mayuzumi Shû

Au cri des jeunes corbeaux
les nuages
dérivent

Nakatsuka Ippekirô

Courent les nuages d'été —
grossissent
les mandarines

Nakatsuka Ippekirô

Le vent du sud —
il farde de rouge
les yeux des vaches

Mayuzumi Shû

La tête sur mes bras croisés
j'attends
le prochain coup de tonnerre

Gotô Takatoshi

Silencieux
dans la nuit qui tonne —
l'ascenseur

Saitô Sanki

Dans les ravins
les névés ont l'air solitaire —
même la nuit brille !

Mizuhara Shûôshi

Flot de la cascade —
un monde outremer
a grondé

Mizuhara Shûôshi

Nuit de hamburgers
avalés debout —
la mer est calme

Hoshinaga Fumio

La mer en été —
un seul marin
porté disparu

Watanabe Hakusen

Nattes en paille de riz —
au dos de son tee-shirt
« *PEACE* »

Fuyuno Niji

Robe de soie légère —
plus de bague à mon doigt
depuis…[1]

Takahashi Awajijo

Chapeau de paille —
de ma colline
je languis pour le large

Terayama Shûji

Le cliquetis glacé
des plats d'été
que l'on apporte

Hasegawa Kai

Sans parti pris
le marchand de glace[1]
a hissé son drapeau

Ozawa Minoru

Le ventilateur —
il tourne seulement
pour les vivants[2]

Mayuzumi Shû

La guerre et
un éventail
sur le tatami

Mitsuhashi Toshio

Devant les grands temples
en ruine
je prends le soleil

Ozawa Minoru

Bain de soleil —
ce lourd fardeau
qu'on appelle l'âme

Chiba Kôshi

Dans l'odeur
de ma nudité
je m'endors

Abe Kan'ichi

Mon enfant nu
se réjouit
de ma nudité

Chiba Kôshi

Lavés
les sabots du cheval
luisent comme des palourdes

Imai Sei

Me lavant les cheveux
je me lave
le cœur

Awano Seiho

Personne ne m'aime —
je nage
loin vers le large

Fujita Shôshi

Sur la surface dure de la piscine
le pistolet du starter
a résonné

Yamaguchi Seishi

Bouquet désespéré !
les dernières fusées
du feu d'artifice

Sugawa Yôko

Terre de la bombe atomique —
dans ces brumes d'intense chaleur
l'enfant a disparu

Ishihara Yakka

Marathon sur l'épicentre de la Bombe —
partout des corps courbés
sous les brûlures

Kaneko Tôta

Après l'émission-souvenir
sur la fin de la guerre
je fais cuire une pizza

Yoshimura Ikuyo

J'ai regardé le ciel
la pluie est tombée dans ma bouche[1] —
anniversaire de la Bombe

Suzuki Shin'ichi

Un garçon faisait de l'arithmétique
et pleurait en cachette —
cet été-là

Saitô Sanki

Le maquereau grillé
a noirci le mur —
ma mère me manque[2]

Terayama Shûji

Des fleurs de l'autel bouddhique
il a dévalé —
l'escargot !

Fukuda Kineo

Virage de limaces —
attention à gauche
attention à droite

Takano Sujû

Une chenille !
même en rampant sur terre
je veux survivre

Sumitaku Kenshin

Le grand poisson-chat rit —
il songe à d'autres poissons-chats
dans d'autres étangs

Nagata Kôi

Dedans sa peau
qui pendouille —
le crapaud !

Hasegawa Kai

La tête du petit lézard !
sous le cheval
il cligne des yeux

Imai Sei

Au clair de lune
dans tous les murs de pierre
dorment les serpents

Imai Sei

Au sixième saut à la marelle —
à cloche-pied sur
un serpent [1]

Hoshinaga Fumio

Goutte d'eau qui goutte
sur l'araignée d'eau qui goutte
sur l'araignée d'eau qui... [2]

Fujita Shôshi

Tokyo —
sous mon lit
une araignée desséchée

Yokoyama Hakkô

Pendu
dans une toile d'araignée —
le ciel de l'après-guerre

Suzuki Shin'ichi

Araignée de la nuit —
un jeune homme
affûte son couteau

Terayama Shûji

Mains ouvertes
je m'incline
devant les vagues de lucioles

Fuyuno Niji

Éclat des lucioles —
en rafales soudaines
le pouls de ma mère

Ishida Hakyô

Voix des moustiques —
dans la nuit profonde
coup d'œil au miroir suspendu

Iida Dakotsu

Fourmi !
tu as beau grimper à la rose
le soleil est encore loin

Shinohara Hôsaku

Au feu elle finira
la fourmi
qui va qui va qui va

Katô Shûson

J'écrase une fourmi —
le regard
de mes trois enfants

Katô Shûson

Respirer ?
c'est aspirer toutes les voix
des cigales du soir

Kaneko Tôta

Je recueille
une cigale morte —
un peu d'eau s'en écoule

Kakimoto Tae

Le fil électrique
reflète la couleur du ciel —
coucou

Yotsuya Ryû

Face au coucou
elle reste coite —
la girouette métallique

Awano Seiho

Le coucou !
une femme transparente
a craché du sang

Terayama Shûji

Entre les feuilles de mûrier
le soleil me terrasse —
je rentre à la maison

Mizuhara Shûôshi

Au village reverdi
le soldat déclaré mort
est revenu

Hashimoto Mudô

Vers le ciel de l'après-guerre —
le lierre vert
envahit les branches mortes

Harako Kôhei

Platanes —
quand vient l'été
même la nuit verdoie

Ishida Hakyô

Les herbes fermentent —
passe une femme
aux seins généreux

Nakatsuka Ippekirô

Le soleil traverse le ciel
l'ombre des pins s'affine —
offrande de fleurs au Bouddha

Tanaka Hiroaki

D'un toit de chaume à l'autre
pleuvent
les fleurs de marronnier

Mayuzumi Shû

Il continue
ce chemin de lauriers-roses —
vers Hiroshima

Aoyagi Shigeki

À l'aube
le grand tulipier
porte des fleurs de cire

Ueda Gosengoku

Fleurs de paulownia —
tant d'années enfuies
en un éclair !

Tagawa Hiryoshi

Fou des fleurs de tournesol
à en mourir —
le peintre

Takahama Kyoshi

Nous nous embrassons —
le tournesol
se détourne

Mayuzumi Madoka

Ils se sont éteints —
les phares
qui éclairaient le tournesol

Imai Sei

Fleurs d'hortensia
toujours plus alanguies —
tu es enceinte !

Shinohara Hôsaku

Fleurs d'hortensia —
déplié sur le tatami
un plan des rues de Paris

Sugawa Yôko

Fleurs de lotus —
là-bas
un monde lointain

Yamaguchi Seishi

Lotus en fleurs —
à côté de moi
un éléphant aux oreilles mitées

Kakimoto Tae

Au milieu
de la chambre climatisée —
un lys énorme

Saitô Sanki

Dressée de toutes ses forces
dans la bouteille vide
cette rose

Gotô Takatoshi

Sur la pivoine blanche
un insecte se pose —
trait final

Ishi Kanta

Dans cette pêche blanche
j'enfonce ma lame
comme dans une chair

Suzuki Masajo

Je lave ma pêche
comme on lave
un nouveau-né

Nagata Kôi

Les nèfles mûrissent —
le ventre des femmes enceintes
cède à l'attraction terrestre

Tagawa Hiryoshi

Trop grosse
pour le poing de bébé —
la nèfle

Chiba Kôshi

Une tomate dans ma paume —
je l'offre au Bouddha
je l'offre à mes parents morts

Taneda Santôka

AUTOMNE

Visite au moine —
il me montre un poème
sur l'automne qui commence

Takahama Kyoshi

Sur chaque objet posé
s'éveille
une ombre d'automne

Takahama Kyoshi

Dans le froid du matin
ma fille me suit[1] —
ses doigts agrippés aux miens

Mayuzumi Shû

Pure fraîcheur automnale —
moi la carpe[1]
je traverse les eaux boueuses

Minayoshi Sôu

Dans la fraîcheur pénétrante
on parle des étoiles —
des vieilles et des jeunes

Yomogida Kieko

L'automne s'approfondit —
voilà de quoi
meubler la conversation

Hoshino Tatsuko

Dans le charbon
les pelles crissent —
bientôt l'hiver

Yamaguchi Seishi

Couchant d'automne —
des bouteilles vides
empilées avec adresse

Nakahara Michio

Soleil couchant
comme l'anus du ciel —
en voyage je me gaverai de saumon

Kaneko Tôta

Ciel bleu —
le couchant d'automne
serpente à travers les mûriers

Watanabe Suiha

Ciel bleu des origines —
ma femme
me tend une pomme

Nakamura Kusatao

Parmi les vignes
on ne tarit pas d'éloges
sur le ciel étoilé

Chiba Kôshi

Quand je me lève
il titube —
le ciel étoilé

Sumitaku Kenshin

Je sème des radis —
au-dessus de la péninsule
les étoiles sans nombre

Hihara Tsutae

Ma femme —
elle porte notre enfant
pareil à la lune croissante

Nakamura Kusatao

Lever de lune —
l'obscurité de la mer
est à peine supportable

Yamada Mizue

Lever de lune —
même si on lui tire dessus
son œil reste ouvert

Kimura Toshio

S'éloignant de moi
elle grimpe dans le ciel
la lune

Awazu Shôsaishi

Lune blême —
un trou de néant
se creuse dans mon crâne

Shôno Takeshi

Au clair de lune
la porte du temple
s'ouvre vers l'intérieur

Takada Masako

Préparatifs de bombardements —
et pourtant
j'aime ses doigts sous la lune !

Saitô Sanki

Travail de nuit —
mon corps s'effondre
et la lune s'envole

Harako Kôhei

Je sors du cinéma —
panoramique
le clair de lune!

Imai Sei

Marchant sous la pleine lune
je deviens un Lion[1] —
ne te retourne pas!

Hoshinaga Fumio

Autoroutes —
les intestins de Tokyo
sous la pleine lune !

Imai Sei

Dans les brumes de l'anesthésie —
à la fenêtre
la lune en plein jour

Sumitaku Kenshin

Sur les ruelles de Nara
la lune en plein jour —
rouge oriflamme du temple

Kakimoto Tae

« Est-ce que tu aimerais
devenir papa ? » —
la Voie lactée !

Kai Michiko

Deux cents pas
jusqu'au boulanger —
sept pas jusqu'à la Voie lactée !

Origasa Bishû

Bientôt
l'homme posera une échelle
contre la Voie lactée

Yoshida Tôshirô

Malade en voyage[1] —
je me noierai peut-être
dans la Voie lactée

Terayama Shûji

Vent d'automne —
de ce que voit le coq
je ne sais rien

Katô Shûson

Vent d'automne —
les eaux sombres
du sombre pays natal

Suzuki Shin'ichi

Vent d'automne —
quelle tombe
montre ton index ?

Terayama Shûji

Est-il devenu fumée
dans les broussailles —
le vent d'automne ?

Takahama Kyoshi

À l'annonce
du typhon
la radio se brouille

Sumitaku Kenshin

Le typhon est passé —
par terre
des monceaux de vigne vierge

Yotsuya Ryû

La fumée des sources chaudes
s'épaissit par instants —
il pleut sur les marantas

Awano Seiho

Est-ce le son du brouillard —
presque imperceptible[1]
entre les bouleaux ?

Mizuhara Shûôshi

Un cygne dans le brouillard —
ou peut-être…
le brouillard autour d'un cygne

Kaneko Tôta

Apparu
dans le brouillard du matin —
un attaché-case !

Fuyuno Niji

Déchirant le brouillard
voici
le visage blanc d'un ami

Yotsuya Ryû

Dans la montagne d'automne
j'ai trébuché —
l'écho des pierres !

Yoshikawa Eiji

Montagnes d'automne —
aux funérailles célestes[1]
on découpe les chairs

Kadokawa Haruki

Devant le Pavillon d'or[2]
les eaux transparentes
blondissent

Awano Seiho

La mer en automne —
au bout de la ville
un train s'est arrêté

Nakamura Teijo

Elles effacent à l'instant
la trace de mes pas —
vagues d'automne

Mayuzumi Madoka

Été indien —
plus verte que la marée
la carapace du crabe

Mizuhara Shûôshi

Riz aux champignons —
ne reste que la part
de ma mère morte

Koga Mariko

Malade à la table du dîner
je pousse la fenêtre —
le riz est mûr

Shôno Takeshi

Cet automne
le parc d'attractions
grouille de nazis

Hoshinaga Fumio

Jour anniversaire
du grand tremblement de terre[1] —
tous mes livres retiennent leur souffle

Nakamura Kusatao

Fête sportive —
toutes ces cuisses
de beautés innocentes !

Akimoto Fujio

Fête d'automne —
l'enfant
a perdu ses crayons de couleurs

Terayama Shûji

Fête des Âmes[1] —
une belle bonzesse
un bébé dans les bras

Iida Dakotsu

La danse des hommes
pour apaiser le Dieu du Vent
ressemble à la tempête

Arima Akito

Ténèbre d'insectes —
nulle part
le vent n'arrête de souffler

Takahashi Masô

Midi d'automne —
dans la ruche
le bruit du pas des abeilles[1]

Usami Gyomoku

Piquée par une abeille d'automne
que le vent cinglant
a soufflée

Hoshino Tatsuko

Un insecte endormi —
si la mort
pouvait avoir ce visage !

Katô Shûson

Dérive
le cadavre d'une noyée —
un insecte ailé

Fuyuno Niji

Une mouche d'automne —
morte
sur l'eau douce

Nakamura Kusatao

Soûtra des grillons[1] —
l'aube est plus triste
que le crépuscule

Hoshino Tatsuko

Le criquet
regarde intensément
le profond de la terre[1]

Yamaguchi Seishi

Je me suis arrêtée —
l'air autour de moi
s'est empli de libellules

Nakamura Teijo

Le bruissement des insectes
la lumière de la lune —
soudain je les oublie

Tomiyasu Fûsei

Comme ils sèchent vite
les cheveux blancs —
l'arrivée des petits oiseaux !

Iijima Haruko

Dans l'œil de l'oiseau migrateur
je deviens
toujours plus petit[1]

Ueda Gosengoku

« Un vol d'oiseaux migrateurs ! »
dit-on
en me tendant le menu

Imai Sei

Reviennent
les âmes des exilés —
sous la forme d'oiseaux

Kadokawa Haruki

Une grue dans le crépuscule —
ses ailes traînent
comme de la fumée

Tomizawa Kakio

Rouge sans fond des érables —
impuissant
les larmes m'envahissent[1]

Takahama Kyoshi

On a fermé les cloisons —
partout autour de moi
les feuilles rouges de l'automne !

Hoshino Tatsuko

Au crépuscule
le rouge des feuilles d'érable
le blanc de ses chaussettes un peu sales[1]

Mayuzumi Madoka

C'est autre chose que l'amour —
ensemble
sur la rive aux feuillages rouges

Iijima Haruko

Ce qu'on appelle kaki ?
un fruit glacé
qui réchauffe

Ishida Katsuhiko

Je mange du raisin
grain après grain —
comme une grappe de mots

Nakamura Kusatao

Si seules
ces hautes herbes —
j'en ai fait des tresses

Kai Michiko

Par-delà le bleu nuit
des volubilis
passent les jours et les mois [1]

Ishida Hakyô

Toujours au fond du coma
il est entré
dans le blanc des volubilis [2]

Imai Sei

Comme des oreilles
les fleurs de canna
se tournent vers la musique

Tagawa Hiryoshi

Sous les caresses
les amaryllis
deviennent un vent rouge

Mayuzumi Madoka

Amaryllis —
ici jadis
une courtisane a pleuré

Watanabe Hakusen

Le sommet ?
chrysanthèmes sauvages
au souffle du vent vif !

Hara Sekitei

De tout leur flamboiement
ne reste qu'un tas informe —
chrysanthèmes fanés[1]

Inahata Teiko

On brûle les chrysanthèmes fanés —
dans les flammes
la couleur des fleurs

Fukami Kenji

Au milieu des chrysanthèmes
je caresse mes pommettes
saillantes

Kakimoto Tae

Fleurs de renouée amère
j'ai eu un peu
envie de mourir

Suzuki Masajo

Exilée —
le piment rouge
me brûle la langue

Kagiwada Yûko

Plaine de roseaux —
si j'ouvre les yeux
mon cœur se fêle !

Fuyuno Niji

HIVER

L'hiver à nouveau —
même dans les mots glacés
des visiteurs[1]

Sumitaku Kenshin

Bleu profond —
engourdi par le froid
un dieu part en voyage[2]

Fuyuno Niji

J'ai rêvé
d'un visage de bouddha —
quel froid ce matin !

Wada Gorô

En priant le Bouddha salvateur
je souffle
une haleine blanche

Sumitaku Kenshin

L'hiver s'approfondit —
comme s'approfondit
l'affection d'un père[1]

Iida Ryûta

Il a brûlé
couleur de viscères —
le calendrier de l'an passé

Takahashi Mutsuo

De l'autre côté du lac
les cent huit coups
de la cloche du Nouvel An[1]

Takada Masako

Premier rêve de l'année —
au fond de la forêt
le cerisier d'antan

Ozawa Minoru

Dans l'obscurité de l'aube
le cèdre
s'emplit du Nouvel An

Fukuda Kineo

En voyage
premier réveil de l'année —
mon oreiller lavé par les vagues

Takahashi Mutsuo

Sur les barques amarrées
tous les pêcheurs se sont dressés —
premier soleil de l'année

Watanabe Suiha

Jour de l'an dans la cuisine
où ma femme est seule —
cliquetis froid

Ogiwara Seisensui

Bonne Année !
seule la télévision
me la souhaite

Sumitaku Kenshin

Les jours rallongent —
sous mon bureau
le bruit des vagues

Imai Sei

Voie lactée en hiver —
même avec des mots
on peut s'entretuer

Kai Michiko

Nuit de givre —
en la prenant dans mes bras
je l'entends vibrer

Ozawa Minoru

J'ôte mon chapeau —
la nuit bleue
du ciel d'hiver !

Katô Shûson

Ciel bleu d'hiver —
dire que je vais mourir
avant ma mère

Sôma Senshi

Pour le soldat blessé
le ciel est tellement froid
au-dessus des grands cèdres !

Yokoyama Hakkô

Seuls sont jeunes
mes amis morts à la guerre —
stalactites

Mitsuhashi Toshio

J'escalade le volcan —
les dieux allument un feu
dans les nuages lourds de neige

Yamaguchi Seishi

Appelant la neige
elle m'a réveillé —
la voix du dieu de la Montagne[1]

Arima Akito

Le flocon —
sur ma loupe
une goutte de rosée

Awano Seiho

Le pin perd ses aiguilles —
toujours la neige
chaque fois que j'ouvre les yeux

Katô Shûson

Neige du couchant —
comme une lettre
que l'on relit sans fin

Iida Ryûta

Sainte Nuit —
chute de neige
en post-scriptum

Mayuzumi Madoka

Je tousse
donc je suis —
neige de minuit

Hino Sôjô

Neige à la fenêtre —
je porte avec moi
la radio de mes os

Tagawa Hiryoshi

À la vitesse de la neige
il chute
l'ascenseur

Masaki Yûko

La neige paisible
miroite en abondance —
morgue de l'hôpital

Ishida Hakyô

Neige à la fenêtre —
une femme dans un bain bouillant
qui déborde

Katsura Nobuko

Cinq pieds de neige —
dans la remise
une ancienne robe de cérémonie rouge

Shibuya Michi

Dans ce kiosque enneigé
la révolution —
on pourrait donc l'acheter ?

Hoshinaga Fumio

Chemin de neige profonde —
où je vais   d'où je viens
se confondent

Nakamura Kusatao

Coups de bec du faucon —
jusqu'à lacérer
la neige profonde

Murakoshi Kaseki

Un train dans la neige —
le bébé attrape le sein
pour téter

Kusama Tokihiko

Clic clac clic clac —
le bruit du métier à tisser
dans la neige profonde !

Minayoshi Sôu

Auberge sous la neige —
dans la chambre voisine
la lumière s'éteint

Mayuzumi Madoka

Tour d'ivoire —
la nuit commence
neige à perte de vue

Suzuki Murio

Neige violente —
tant de choses à écrire
encore[1]

Hashimoto Takako

Dans le port sous la neige
j'entendais
des grincements étouffés

Hasegawa Kai

Le bruit de la cascade
se fige —
c'est la fin de l'année

Fukuda Kineo

Vers le temple de montagne
le chemin a été balayé —
première visite de l'année

Tomiyasu Fûsei

Un temple dans le froid —
au fond du tronc
une pièce qui tinte

Katô Shûson

D'une écriture tremblante
j'inscris mon nom
au temple d'hiver

Wada Gorô

Février —
l'homme qui descend
fend la montagne

Wada Gorô

Ce glacier —
mille ans en arrière
c'était un monstre

Nakahara Michio

Entre les montagnes d'hiver
s'ouvre une fenêtre de ciel —
le monde est suave

Shibuya Michi

J'ai fermé les yeux —
derrière mes paupières aussi
les montagnes endormies

Kinoshita Yûji

Les montagnes dorment —
bruit des lunettes
déposées sur le bureau

Imai Sei

Montagnes en sommeil —
chaque arbre s'efforce
de devenir un cercueil

Nakahara Michio

Mon corps s'émousse[1]
mon esprit s'éclaircit —
montagnes enneigées !

Sôma Senshi

À la fin
deviendrai-je aussi un arbre —
au loin dans la lande fanée ?

Nomiyama Asuka

De la lande noire
une nuée de corbeaux décolle —
comme un gang de voleurs[2]

Harako Kôhei

Sur le mur des jours courts
s'ouvrent les poèmes
de la lande fanée

Terayama Shûji

Je dormirais bien —
jusqu'à ce que reverdisse
la lande de mes rêves

Kaneko Tôta

Malade —
comme je l'ai parcourue en rêve
cette rizière d'hiver !

Mizuhara Shûôshi

Rivière d'hiver —
elle s'efforce
de couler vers le gué

Ozaki Meidô

La mer en hiver —
des grains de riz coulent
dans l'égout tout proche

Ameyama Minoru

Ma joue blessée au rugby
me brûle —
je regarde la mer

Terayama Shûji

Parti en mer
le vent hivernal
ne sait où revenir[1]

Yamaguchi Seishi

Jaune
la piste d'envol débouche
sur l'océan d'hiver

Saitô Sanki

Rhume d'hiver —
la pièce s'achève
sur la mort du poète

Terayama Shûji

J'achète des préservatifs —
ma voix
derrière le masque[1]

Ishikawa Keirô

La poche à glace
craque —
une vague froide m'engloutit

Saitô Sanki

Maladie mortelle —
ses ongles embellis
par la flamme du brasero

Iida Dakotsu

Plus la nuit s'approfondit
plus le charbon
montre ses veines

Nakatsuka Ippekirô

Un charbon de bois
frotté contre un autre —
on mesure les ténèbres !

Takahashi Mutsuo

Je la retourne —
la grosse bûche
est en feu

Takano Sujû

Berlioz
grésille
dans la poussière d'hiver

Imai Sei

Devant leur gruau
les vieux époux —
qui partira le premier ?

Kusama Tokihiko

Je ne suis plus
qu'un vieux poète
chantant les feux follets

Awano Seiho

Auprès de ma femme
qui ne peut plus manger ni boire
j'hiberne[1]

Mori Sumio

Dernier soupir —
il faut vite
lui enlever sa bouillotte

Kai Michiko

Sortant de mon bain au cédrat
je passe devant la photo
de mon mari défunt

Okamoto Hitomi

Je le soulève dans mes bras —
cet enfant
a l'odeur de l'hiver!

Nakajima Takeo

Dans la serre
des bruits de sable
essaient d'entrer

Fuyuno Niji

Dans mon sac de voyage
une seule veste
bien moelleuse

Kusama Tokihiko

S'évader !
et que se brise
le crayon de l'hiver

Terayama Shûji

Dans les gravats de l'incendie
une fenêtre
qui n'a pas brûlé

Igusa Keiko

Décombres de la guerre [1] —
sur un sol en ciment
des fillettes jouent à la balle

Nakamura Kusatao

Alignées sur l'autel
couleur rouge de honte
poupées de la fête des Petites Filles[1]

Yagi Mikajo

Nuages du soir liserés d'or —
on range les poupées
de la fête des Petites Filles

Kagiwada Yûko

Lièvre des neiges —
il reste dans le monde
un frôlement de soie

Usami Gyomoku

Pas un souffle
si ce n'est celui des vipères
en hibernation

Kaneko Tôta

Le crapaud en hibernation —
jeté dans la rivière
il s'est mis à nager !

Iida Dakotsu

Baroque
la chouette ulule
dans la forêt des buildings

Yamagishi Ryûji

Si le chagrin avait une voix
ce serait
le cri des canards sauvages

Okamoto Hitomi

Le cri des grues !
si fort
qu'on dirait ma propre voix

Kagiwada Yûko

Pleurent les pluviers dans la nuit —
si froides
les mains de celle que j'aime

Nakatsuka Ippekirô

Bergeronnette —
comme un hoquet
du ciel d'hiver

Sugawa Yôko

Rage de dents —
les rangées de poireaux
sont bien vertes

Kakimoto Tae

Blues des Noirs —
à mes pieds
les poireaux bleuissent

Terayama Shûji

Au retour de ce film russe
j'ai remarqué la taille
des grosses carottes d'hiver[1]

Furusawa Taiho

Quand quelqu'un meurt
les gens viennent —
il faut cuire les navets[2]

Shimomura Kaita

Camélias d'hiver
d'un pays vaincu —
la guerre est perdue

Hino Sôjô

Elle fait rougeoyer la terre
souple et douce —
la garance d'hiver

Hirose Naoto

Le cœur en deuil
au long du jour —
pleuvent les fleurs de néfliers

Mayuzumi Shû

Sur mes souliers boueux
des herbes racornies —
je regarde le mont Fuji !

Yokomitsu Riichi

Course des nuages —
est-ce le bruit du bois mort
ou la crémation de mon père ?

Ôgushi Akira

Mon père et ma mère ne sont plus —
la porte de derrière s'ouvre
sur la montagne aux arbres morts

Iida Ryûta

Fougères d'hiver —
est-ce un rêve
ou le souvenir d'un rêve ?

Aoyagi Shigeki

HORS SAISON

Soir de ma vie —
partout
des oiseaux perchés

Nagata Kôi

Couchant en feu —
dans la montagne des morts
une tombe brille

Sumitaku Kenshin

D'une lente amplitude
mon pouls à l'unisson des vagues —
les mouettes flottent

Shijô Haku

Au large est mon père
au large
une fois par jour
le soleil se couche[1]

Takayanagi Shigenobu

À soixante ans[2]
le cœur inapaisable
je traverse la mer

Taneda Santôka

Un ciel sans couleur
rejoint
la mer couleur de cendres

Ogiwara Seisensui

Dans la fatigue blanche
du roulis
je m'allonge

Shinohara Hôsaku

Lard de baleine en fines tranches[1] —
la nuit tombe déjà
sur la race humaine

Ozawa Minoru

La pluie commence à tomber —
c'est le battement
du cœur de la nuit

Sumitaku Kenshin

Dans un ciel rempli d'étoiles
un mât
part en voyage

Shinohara Hôsaku

Une montagne de livres s'écroule —
là-bas sur la mer
un requin

Ozawa Minoru

Un océan de requins
laisse passer
des bananes vertes [1]

Sugimoto Kajin

Dans un coin de mon ventre
il y a le ciel
de Pearl Harbour

Takahashi Shizumi

Seul comme pour l'éternité —
la cicatrice
de ma blessure de guerre[1]

Suzuki Murio

Emmailloté
dans ses bandages
le soldat devient géant

Watanabe Hakusen

Le char de guerre avance —
il écorche la terre
à grand fracas[1]

Mitsuhashi Toshio

La mitrailleuse —
éclosion d'une fleur rouge[2]
au milieu du front

Saitô Sanki

Du regard de l'homme
assassiné
nous nous effaçons aussi

Suzuki Murio

Pendant un moment
on ne la voyait plus —
la terre de mon pays détruit

Watanabe Hakusen

Ses mille piliers de bois
flambent ensemble —
la ville!

Mitsuhashi Toshio

Qu'il sorte des rangs!
celui qui est capable
de comprendre la voix de l'empereur[1]

Watanabe Hakusen

Vers la mer bleue
un mur de briques
dévasté par les balles

Mitsuhashi Toshio

Hiroshima —
j'ouvre enfin la bouche
pour manger un œuf[1]

Saitô Sanki

Ces enfants qui veulent dessiner
des navires de guerre —
je les plains

Suzuki Shin'ichi

Chandelles à la main
ils se sont séparés —
les insurgés

Abe Kan'ichi

Un léger salut —
et l'on prend la route
du nord du Japon

Abe Kan'ichi

Un jeune homme vient
en toute innocence
pour poignarder[1]

Abe Kan'ichi

Dans le bleu Picasso
un jeune homme
qui souffre

Mitsuhashi Toshio

Dans le bureau à l'odeur de mon père
j'ai la vision
d'un rhinocéros

Terayama Shûji

Assis bien droit en tailleur —
la présence effrayante
de mon père

Takano Sujû

Ciel lointain —
flotte dans mes pupilles
le visage de ma mère [1]

Terayama Shûji

Anniversaire —
au-dessus du bouquet
éclatent ses joues en feu [2]

Terayama Shûji

Cinquante années passées ensemble —
dis-moi
que tu les as aimées !

Hashimoto Mudô

De mon corps
esseulé
les ongles poussent[1]

Ozaki Hôsai

Les os
de mes doigts
ont maigri

Ozaki Hôsai

Dans mes vêtements de prison
aux manches trop courtes[2] —
j'ai l'air innocent

Hashimoto Mudô

Mon cœur solitaire
traqué
par les rayons X[1]

Sumitaku Kenshin

Soleil matinal —
le rouge du sceau
sur le formulaire de l'opération

Sumitaku Kenshin

Ce visage boursouflé
dans la glace —
je le caresse

Sumitaku Kenshin

À ma mort
venez tous
déguisés en oiseaux

Yasui Kôji

Dressée
contre un ciel impassible
la couronne funéraire noire

Sumitaku Kenshin

Seulement ce chemin
où je marche seul[1]

Taneda Santôka

Ma tasse
intacte depuis si longtemps —
j'ai quarante ans[1]

Ogiwara Seisensui

Vague à l'âme —
je bois un peu d'eau
et je reprends ma route

Taneda Santôka

Dans la nuit triste
quelqu'un
s'est mis à rire

Sumitaku Kenshin

Un paon blanc —
au matin
la fièvre me réveille

Fuyuno Niji

Les oiseaux vagabonds
traversent une terre
de fumées noires

Shôno Takeshi

Faudra-t-il
traverser les nébuleuses
pour trouver un jardin de pierres ?

Kimura Toshio

En ce bas monde
tout près des arbres —
la gorge des grues palpite

Iijima Haruko

Dans l'écho des montagnes
pas un oiseau —
je tire sur le ciel

Takaya Sôshû

Je descends de la montagne
au milieu des ténèbres —
mes lèvres se gonflent

Kaneko Tôta

Elle cherche et trouve
les lèvres de la plaie —
la main de l'homme

Morita Tomoko

Au bout de sa langue
il cache des paysages —
l'étranger

Horimoto Gin

Au fond des dents
le désert s'étend —
couleur de rose

Yoshimura Ikuyo

Le percepteur en nage
le professeur dans la dèche —
les voilà qui pouffent de rire !

Katô Shûson

L'ombre du guerrier[1] a disparu
dans un éclair —
Kurosawa

Kumagai Aiko

L'empereur Shôwa décline[2] —
bruit de cheval
dans le soir

Mitsuhashi Toshio

La ville au bout du « Courant noir »[1] —
manifestation anonyme
dans le calme

Sakaguchi Gaishi

Le matin commence —
mort d'une mouette
qui pique dans l'océan

Kaneko Tôta

Odeur de dentifrice
solitude —
je cherche tes lèvres

Azumi Atsushi

Il assiège
la porte de la cuisine —
le cosmos

Kiyosaki Toshio

Juste avant le grand tremblement de terre
tout le monde
a rêvé[1]

Sugiura Keisuke

Près de la gare
j'ai trinqué
avec cette époque aveuglante

Hoshinaga Fumio

DOSSIER

BIBLIOGRAPHIE

Sources japonaises

Fuyuno Niji, *Yuki yohô* (La prévision de la neige), Chûsekisha, 1988.

Gendaihaiku 2001 / Japanese Haiku 2001, Gendaihaikukyôkai (Association du Haiku Moderne), 2001.

Gendaihaikukyôkai, *Gendaihaiku saijiki muki* (Almanach saisonnier contemporain hors saison), collectif, préface de Kaneko Tôta, Gakken, 2004.

Gendaihaikushû (Anthologie de haiku contemporains) in *Gendainihonbungakuzenshû*, vol. 91, Chikumashobô, 1957.

Gendaihaikuzenshû (Anthologie complète des haiku contemporains), Rippûshobô, 1978.

Gendaihaiku no seikai (Le monde du haiku contemporain), Asahishimbunsha, 1984.

Hasegawa Kai, *Gendaihaikunokanshô 101* (sélection de haiku contemporains), Shinshôkan, 2001.

Hasegawa Kai, *Hatsukari*, (Première oie sauvage) Hanakamisha, 2006.

Hoshinaga Fumio, *Kumaso-Ha* (L'école Kumaso), Honamishoten, 2003.

Iida Ryûta, *Haiku no tanoshimi* (Le plaisir du haiku), Nihonhôsôshuppankyôkai, 1986.

Imai Sei, *Tanima no kagu, kushû* (Meubles dans la vallée, recueil de haiku) Kadokawashoten, 2000.
Kaneko Tôta shû (Recueil de haiku de Kaneko Tôta), 3 vol. Chikumashobô, 2002.
Kaneko Tôta, *Kon-nichi no haiku* (Le haiku d'aujourd'hui) Kôbunsha, 2002.
Kaneko Tôta, *Gendainohaijin 101* (101 auteurs de haiku contemporains), Shinshôkan, 2004.
Katô Shûson, *Neko — Katô Shûson kushû* (Les chats — recueil de haiku), Furansudô, 1990.
Mayuzumi Madoka, *Kyôto no koi*, (Un amour à Kyoto), PHP Kenkyûjo, 2001.
Mayuzumi Shû, *Mayuzumi Shû shû*, (Recueil de haiku), Gendaihaikusensho, 1981.
Mitsuhashi Toshio, *Zenkushû* (Haiku complets) 1982, Rippushobô.
Mizuhara Shûôshi, *Kindai no shûku*, (Les meilleurs haiku modernes), Asahishimbunsha, 1986.
Nihondaisaijiki (Grand almanach poétique du Japon), sous la direction de Mizuhara Shûôshi, Katô Shûson et Yamamoto Kenkichi, Kodansha, 1981.
Saitô Sanki, *Zenkushû* (Haiku complets), Chûsekisha, 1983.
Sengoshûku, (Les meilleurs haiku de l'après-guerre) vol. 1, Ôno Rinka, vol. 2, Hirahata Seitô, Shunjûsha, 1963.
Sôda Yasumasa, *Gendaihaikushûsei* (Compilation de haiku contemporains), Rippûshobô, 1996.
Sumitaku Kenshin, *Mikansei* (Inachevé), Yayoïshobô, 1988.
Takahama Kyoshi, *Zenhaikushû* (Haiku complets), Jôgekan, Mainichishimbunsha, 1980.
Taneda Santôka, *Sômokutô* (Pagode végétale), Shunyôdôshoten, 1979.
Terayama Shûji, *Haikuzenshû*, (Haiku complets), Anzudô, 1999.
Yotsuya Ryû, *Kindaihaikushû* (Anthologie de haiku modernes), Rippûshobô, 1996.
Yotsuya Ryû, *Jiai* (Tendresse), Kumoshuppansha, 1987.

Divers

Agostini Bertrand et Pajotin Christiane, *Jack Kerouac et le Haïku : itinéraire dans l'errance*, Paroles d'Aube, 1998.
Bashô, *Journaux de voyage*, trad. René Sieffert, POF, 2001.
—, *Le Manteau de pluie du singe*, trad. René Sieffert, POF, 2001.
Caillois Roger, *Esthétique généralisée*, Gallimard, 1962.
Calaferte Louis, *Haikai du jardin*, L'Arpenteur, 1991.
Daruma, revue d'études japonaises, sous la direction de Yves-Marie Allioux, Philippe Picquier, n° 1, 1997 ; 3, 1998 ; 5, 1999.
Giraud Daniel, *Les Chrysanthèmes dans le cercueil*, Derrière la Salle de Bains, 1996.
Higginson William J., *The Haiku Handbook*, Kodansha International, 1989.
Jourdan Michel, *Journal du réel gravé sur un bâton*, Éditions du Rocher, 2003.
Katô Shûson, *Le haiku, mesure du monde ?*, trad. Alain Kervern, in *Le vase de Béryl*, Philippe Picquier, 1997.
Kerouac Jack, *Le livre des haiku*, trad. Bertrand Agostini, La Table ronde, 2006.
Kervern Alain, *Malgré le givre — essai sur la permanence du haiku*, Folle Avoine, 1987.
Ôe Kenzaburô, *Notes de Hiroshima*, trad. Dominique Palmé, Gallimard, coll. « Arcades », 1996.
Ozaki Hôsai, *Portrait d'un moineau à une patte*, trad. Makoto Kemmoku et Alain Kervern, Folle Avoine, 1991.
Pélieu Claude, *Koans et Haikus (anything book)*, ill. de Robert Varlez, M25, Atelier de l'Agneau, 1988.
Santôka, *Zen, saké, haiku*, trad. Wingfun Cheng et Hervé Collet, Moundarren, 1990.
Snyder Gary, *Le retour des tribus*, trad. Jacques François, Christian Bourgois, 1972.
Sumitaku Kenshin, *Inachevé*, trad. Patrick Blanche et Makoto

Kemmoku, *Bulletin de recherche de l'École supérieure de Kôbe*, n° 6, 1999.
Tanizaki Junichirô, *Éloge de l'ombre*, trad. René Sieffert, POF, 1993.
Uchida Sono, *Haïku, le poème le plus court du monde*, E.T.N.A. (Éditions Techniques Nord-Africaines), Rabat, 1983.
Ueda Makoto, *Modern Japanese Haiku, an anthology*, University of Toronto Press, 1982.
Villain Franck, Kawanabe Yasuaki (textes réunis par), *Le haiku vu d'ici*, Revue des Sciences Humaines, n° 282, avril/juin 2006.
White Kenneth, *Le Chemin du haiku*, Terriers, 1987.

NOTES

Les notes qui suivent ont pour but d'éclairer le sens de certains haiku, parfois liés à des événements précis de la vie de leurs auteurs, ou de proposer un complément d'interprétation suggéré par la syntaxe, le vocabulaire ou les idéogrammes particuliers de l'original, dont la richesse n'a pu être entièrement exprimée par le passage en français.

Ouvrir ainsi le champ des interprétations possibles — tout en n'excluant aucune de celles qui pourraient venir à l'esprit du lecteur — répond également à une tradition propre aux anthologies japonaises : les compilateurs livrent souvent leur lecture personnelle des haiku choisis, imaginant le décor général d'une saynète, inventant un précédent ou une suite à l'histoire ainsi ébauchée. À partir de ses dix-sept syllabes aussi brèves que suggestives, le haiku déploie toujours une amplitude infinie de sens.

PRINTEMPS

Page 24.

1. Voir p. 164, n. 2.

Page 25.

1. Le « bassin d'ablutions » se trouve à l'entrée de tous les temples bouddhistes et sanctuaires shintô. Le visiteur s'y rince

les doigts et la bouche afin de se purifier avant de pénétrer dans l'enceinte sacrée.

Page 26.

1. *Shigatsu no shisha*, littéralement « cadavres du quatrième mois » : jeu de mots sur le chiffre 4 : « avril » se dit « Quatrième Mois » (*shi-gatsu*), et l'idéogramme signifiant la « mort » se prononce également *shi*. Le chiffre 4 fait d'ailleurs l'objet d'une superstition au Japon, où l'on évite de le prononcer : *shi* est ainsi remplacé par *yon* dans de nombreuses expressions.

Page 30.

1. *Oboro*, kigo (mot-saison) de printemps, généralement associé à la lune voilée. Dans une métaphore audacieuse, c'est autour de ses propres yeux que le poète perçoit ce halo.

Page 32.

1. *Botan-yuki*, littéralement « neige-pivoine ». Cette expression désigne la « neige à gros flocons légers » qui tombe au printemps. La pivoine symbolisant par ailleurs la beauté épanouie des femmes mûres, l'association de la neige et de l'épouse du poète devient ici la source d'une subtile sensualité.
2. Ce haiku décrivant une jeune femme qui se presse vers un rendez-vous amoureux fait allusion aux ex-voto que les jeunes Japonais vont déposer dans les sanctuaires shintô sur l'autel du « dieu des rencontres et des mariages ».

Page 35.

1. *Kashiwa-mochi* : ces gâteaux de riz gluant à la pâte de haricot rouge sucrée, enveloppés d'une feuille de chêne, sont préparés pour la fête des Petits Garçons, le 5 mai, lors de laquelle on dresse des carpes en tissu (symbole de force et de longue vie) devant les maisons où sont nés des enfants mâles. Selon le calendrier traditionnel, *kashiwa-mochi* est un kigo (mot-saison) d'été ; nous l'avons cependant placé au printemps

— la vente de ces gâteaux tout comme cette fête étant aujourd'hui indissociables du printemps japonais.

Page 40.

1. Hirahata Seitô fut arrêté avec d'autres poètes lors du mouvement de répression des artistes pacifistes en 1940. (Voir également p. 174, n. 2.)

Page 43.

1. Artiste éclectique et iconoclaste, trop tôt disparu, Terayama Shûji a composé des haiku entre quatorze et vingt ans, avant de renoncer définitivement au genre. Sa poésie — haiku et surtout *tanka* (autre forme poétique classique) — lui valut dans son pays une reconnaissance littéraire précoce, précédant largement la notoriété internationale due à ses pièces de théâtre, films et romans. Il expliquait ainsi ses débuts : « C'était dans les années 50 : à cette époque, le Japon ne s'était pas encore remis, ni psychologiquement ni matériellement, de la défaite [...]. Toutes les valeurs s'étaient effondrées, la liberté nous était tombée dessus brusquement. J'avais besoin d'aborder cette émancipation nouvelle avec précaution, et le formalisme du haiku m'était nécessaire. »

Page 46.

1. *Hyakudai no kakaku* : ce haiku commence par la reprise du premier vers de « La sente étroite du bout du monde » de Bashô, viatique pour tous les auteurs de haiku : « *Mois et jours sont passants perpétuels, les ans qui se relaient, pareillement sont voyageurs* » (trad. René Sieffert in *Journaux de voyage*, POF, 2001). Ces voyageurs du passé sont ici les générations successives de *haijin* auxquels se relie le poète. Katô Shûson était connu pour son amour des chats — et l'on peut remarquer à quel point l'image du chaton qui suit la file de poètes défunts est attendrissante : loin d'être un « chaton » malhabile, Shûson, aujourd'hui disparu, fait lui aussi partie de la lignée des grands poètes japonais.

Page 47.

1. Nagata Kôi a écrit ce haiku juste après le grand tremblement de terre de Kôbe (17 janvier 1995) où il a failli perdre la vie, bloqué dans les décombres de sa maison.

Page 50.

1. Ces cordelettes représentent à la fois les nombreux liens que nécessite le port compliqué du kimono et les difficultés de la condition des femmes à l'époque de Sugita Hisajo (1890-1946). Cette éminente poète, dont le talent avait été reconnu de son vivant par la célèbre revue *Hototogisu*, fut internée vers la fin de son existence pour neurasthénie.

2. Haiku rédigé en avril 1962 à l'occasion des funérailles de Saitô Sanki (voir index, p. 215), ami proche de la poète.

Page 51.

1. *Hana-bie* : « froid des fleurs ». Ce kigo de printemps désigne le retour du froid qui accompagne d'ordinaire la floraison des cerisiers, avant la venue du beau temps printanier (voir *Haiku*, *op. cit.*, p. 56).

ÉTÉ

Page 59.

1. *Teki-i* : littéralement « sentiment d'inimitié ». Les mots « chewing-gum » et « ennemi » sont si rapprochés dans le texte japonais qu'ils semblent faire clairement allusion à la présence des soldats américains sur le sol du Japon après la défaite — mais il peut également s'agir d'un sentiment de révolte plus général propre à la jeunesse.

2. Terayama Shûji, enfant, passe la période de la guerre avec sa mère à Aomori, ville du nord du Japon entièrement détruite en 1945 par les raids aériens américains qui raseront également leur maison, les obligeant à fuir.

Page 60.

1. Au Japon, le mois de juin, à la chaleur particulièrement humide, marque le début de la saison des pluies.

2. *Mijikayo* : « nuit brève », kigo d'été classique (voir *Haiku, op. cit.*, p. 72), fait ici l'objet d'un intéressant jeu de mots : les « nuits brèves » sont en effet fréquentes chez les jeunes mères, toutes saisons confondues. Shizunojo ayant élevé trois filles et deux fils, on imagine mal qu'elle puisse abandonner son enfant — mais n'est-ce pas l'inconscient de la jeune mère épuisée qui s'exprime ici au cœur de la nuit ?

Page 61.

1. *Yoru no aki* : littéralement « automne de nuit », expression désignant ces nuits de fin d'été dont la fraîcheur évoque déjà l'automne.

Page 62.

1. Ce haiku fait partie d'une série rédigée à l'occasion de la veillée funèbre de la mère du poète (voir également les haiku de cet auteur p. 66 et 71).

2. L'expression « quitter la maison » prend tout son sens sous la plume de Kadokawa Haruki, fils du fondateur des éditions Kadokawa, qu'il a lui-même dirigées de 1975 à 1993. Également acteur, cinéaste et président de la société de production de films qui porte son nom, Haruki a été dans sa jeunesse un étudiant contestataire et a maintes fois défrayé la chronique familiale.

Page 64.

1. Seishi écrit ce haiku au bord de la mer à Ise, le 22 août 1945, peu après l'annonce de la défaite et la fin de la guerre.

Page 65.

1. Takayanagi Shigenobu, influencé par la poésie occidentale moderne, rédige systématiquement ses poèmes sur plu-

sieurs lignes, alors qu'en japonais le haiku tient d'ordinaire sur une seule. « L'Arc de la Mort » sous lequel résonne cette marche militaire est une image d'arc de triomphe en négatif.

2. Depuis le 15 août 1945, date de la capitulation, ce jour est au Japon celui de la « commémoration de la fin de la guerre ».

Page 66.

1. Voir p. 62, n. 1.

Page 70.

1. Devenue veuve après une brève année de mariage, Takahashi Awajijo évoque dans nombre de ses haiku le souvenir du défunt.

Page 71.

1. *Koori-hata* : il s'agit littéralement de glace pilée arrosée de sirops aux divers parfums, que l'on vend sur les étals en été. Le petit drapeau blanc avec l'idéogramme signifiant « glace » inscrit en rouge au-dessus d'une vague bleue est indissociable de l'été japonais et de ses *matsuri* (fêtes) au caractère bon enfant.

2. Voir p. 62, n. 1.

Page 76.

1. Allusion à la « pluie noire » radioactive tombée sur Hiroshima après l'explosion de la bombe atomique le 6 août 1945. Depuis, le 6 août est consacré au souvenir des victimes et à des prières pour la paix.

2. La guerre à peine finie, la mère de Shûji trouve un travail sur une base militaire américaine, laissant le jeune garçon livré à lui-même. La figure maternelle marque fortement l'œuvre multiforme de Terayama Shûji. (À propos de cet auteur, voir également p. 43, n. 1 et p. 59, n. 2.)

Page 79.

1. « Serpent » est un kigo d'été mais cet animal, associé au nombre six, revêt ici une dimension symbolique qui fait presque de ce haiku un « hors saison », selon une ambivalence fréquente chez Hoshinaga Fumio. En numérologie japonaise, le 6 est un chiffre ambigu qui indique un événement important, bon ou mauvais. Ce haiku peut donc être interprété comme la métaphore d'un épisode marquant la fin de l'innocence enfantine.

2. *Amenbo-to ame-to-amenbo to-ame-to* : grâce à son puissant effet d'allitération, avec l'alternance de *amenbo* (« araignée d'eau ») et *ame* (« pluie »), et la répétition de *to* (« et »), ce haiku évoque certains motifs traditionnels imprimés au pochoir et répétés à l'infini, représentant par exemple un insecte à longues pattes associé à de longs traits de pluie.

AUTOMNE

Page 95.

1. Cette petite fille n'est autre que Mayuzumi Madoka, devenue depuis l'une des poètes de haiku les plus connues au Japon.

Page 96.

1. L'ambiguïté inhérente à la langue japonaise permet d'exprimer, mieux que le français ne saurait le faire, l'identification du poète à la carpe. Un sentiment de profonde empathie se dégage de ce haiku, où l'on éprouve de manière presque palpable la connexion entre tous les éléments du vivant.

Page 102.

1. *Shishi* : « lion de Chine », animal chimérique, représentant la force et la protection. Sous forme de sculptures de pierre, les *shishi* gardent par paires l'entrée des temples boud-

dhistes et des sanctuaires shintô. Lors de la très ancienne et toujours populaire « danse du Lion » (*shishi-mai*), plusieurs danseurs dissimulés sous un même costume — le premier portant un masque effrayant — se contorsionnent violemment pour chasser les mauvais esprits.

Page 105.

1. Le premier vers (*tabi-ni-yande*) reprend celui du célèbre haiku de Bashô (voir *Haiku*, *op. cit.*, p. 179) :

Malade en voyage
mon rêve court
la lande en friche

Page 107.

1. Merveilleuse (et parfois, comme ici, quasi intraduisible) subtilité du haiku ! Le mot *kasukani* (« à peine perceptible ») peut en effet s'écrire de diverses façons, or la forme du caractère choisi par l'auteur (幽) évoque nettement un tronc de bouleau avec son écorce caractéristique zébrée de blanc. Il convient dès lors de « contempler » ce haiku comme un tableau à la manière de Buson (Yosa Buson, 1716-1783) qui glissait volontiers ses dessins à l'intérieur même de ses poèmes.

Page 109.

1. Le terme *tori-sôshiki* (littéralement « funérailles-oiseaux ») fait référence à un rite funéraire particulier au Tibet, terre désertique où l'absence de bois a empêché la généralisation de la crémation propre aux cultures bouddhistes : les dépouilles mortelles sont découpées en morceaux qui seront exposés au sommet de pitons rocheux et dévorés par les vautours.

2. *Kinkaku-ji.* Bâti à Kyoto au tout début du XVe siècle, ce splendide édifice aux structures extérieures entièrement dorées fut détruit en 1950 par un incendie criminel dû à un moine, et reconstruit en 1954. L'incendie du Pavillon d'or a inspiré à Yukio Mishima son célèbre roman éponyme, paru en 1956.

Page 112.

1. Il s'agit ici du tremblement de terre de Tokyo qui, en 1923, fit des milliers de victimes. Le 1er septembre, anniversaire de cette catastrophe, est une journée nationale consacrée à des exercices de prévention des catastrophes naturelles.

Page 113.

1. Chaque année, à l'occasion de *O-bon* (Fête des Âmes ou Fête des Morts), les familles se réunissent au grand complet afin de dédier offrandes et prières à leurs défunts. (Nous avons respecté la classification traditionnelle de cette fête fort ancienne, qui a lieu à la mi-août, soit en automne selon l'ancien calendrier lunaire, et marque encore aujourd'hui la « fin de l'été ».)

Page 114.

1. L'attention que portent certains poètes de haiku contemporains au bruit du pas des abeilles, comme ici, ou au son imperceptible du brouillard (voir p. 107), relève de cette fameuse « attention aux choses infimes » (*hosomi*) énoncée au XVIIe siècle par Bashô (voir *Haiku, op. cit.*, p. 208), comme l'un des principes de base du haiku. Selon cette perspective, seul un poète « éveillé », en osmose avec le vivant, peut se taire intérieurement, au point de prêter ainsi l'oreille au silence du silence, dans un état de réceptivité inouïe à la création continue du monde. « L'espace est silence », a écrit Henri Michaux, « silence comme le frai abondant tombant lentement dans une eau calme ».

Page 115.

1. Le nom de cette sorte de grillon — *kane-tataki* (littéralement « récitation des soutrâs en frappant sur un petit gong ») — provient de l'analogie entre le chant de l'insecte et la psalmodie des moines récitant des soûtras.

Page 116.

1. Allusion à une période de profonde remise en question : Seishi écrit ce haiku en 1942, période noire où le Japon s'enfonce dans la guerre. Le poète s'est réfugié dans les montagnes de Hakone pour soigner l'affection pulmonaire dont il est atteint et échapper à la répression qui frappe les *haijin*.

Page 117.

1. Dans une mise en abyme fondée à la fois sur une inversion des valeurs et une identification avec la nature propre au haiku, le poète s'imagine lui-même vu dans l'œil de l'oiseau migrateur. Il n'est plus ici aucune hiérarchie entre monde humain et animal — sinon celle créée par notre seule observation subjective. Ce haiku récuse *poétiquement* comme une erreur d'identité la conception du « moi », axée sur une séparation d'avec un prétendu monde extérieur. (Voir également p. 96, n. 1.)

Page 118.

1. Ce haiku date de 1946 : ruiné, dévasté, le Japon ne s'est pas encore remis de la défaite. Le contraste entre la beauté du Japon éternel symbolisé par les feuilles rouges d'automne et la situation terrible que vit alors le pays saisit le poète d'une émotion intense.

Page 119.

1. Plus exactement, il s'agit de *tabi*, sortes de chaussettes blanches en coton épais avec le pouce séparé, lesquelles permettent d'enfiler les socques de bois ou *geta* qui complètent la tenue japonaise classique. La poète précise en outre qu'il s'agit de tabi pour homme, *otoko-tabi*. Une atmosphère à la fois contemporaine et traditionnelle se dégage de ce haiku, tiré d'un recueil récent intitulé « Un amour à Kyoto » (*Kyôto no koi*).

Page 121.

1. *Tsuki-hi* : les deux idéogrammes désignant « la lune » (月) et « le soleil » (日) signifient également « mois » et « jour ». Il s'agit donc non seulement du passage du temps, symbolisé par des fleurs éphémères qui ne vivent qu'une journée et se fanent les unes après les autres, mais aussi des astres eux-mêmes. Le cœur blanc des volubilis, entouré de bleu, évoque le soleil ou la lune au milieu du ciel. Là encore, l'utilisation des idéogrammes permet le déploiement *visuel* et instantané de sens multiples.

2. « Le 3 septembre au matin, mon père a quitté ce monde », dit la note que l'auteur a jointe à ce haiku. En japonais, « volubilis » se dit *asagao*, littéralement « visage du matin ».

Page 123.

1. Inahata Teiko ayant perdu successivement son grand-père (Takahama Kyoshi), son père et son mari, poètes de haiku tous les trois, on peut penser que la vue de ces chrysanthèmes fanés couleur de cendres lui évoque à la fois le flamboiement créateur des défunts et l'amas de cendres auquel la mort les a réduits.

HIVER

Page 127.

1. Le terme utilisé ici (*mimai*) désigne spécifiquement les visites aux personnes malades ou hospitalisées. Sumitaku Kenshin est mort à vingt-six ans après une longue hospitalisation. Son œuvre poétique, aux accents implacables et désespérés, rend exclusivement compte de cette douloureuse expérience.

2. Pendant le mois le plus froid, ou « mois sans dieux » (le dixième selon l'ancien calendrier, soit le mois de décembre actuel), tous les *kami* (les dieux de l'animisme shintô) s'absentent de leurs sanctuaires pour se rendre à Izumo, l'un des plus anciens lieux de culte du Japon.

Page 128.

1. Ce père n'est autre que Iida Dakotsu, grand poète de haiku ayant largement contribué à la célèbre revue *Hototogisu* dirigée par Takahama Kyoshi, dont il fut l'élève. Iida Ryûta prit en 1962 la direction de *Unmo* (« Mica »), la revue de haiku fondée par son père.

Page 129.

1. *Joya no kane* ou « cloche de la nuit du Nouvel An ». Le 31 décembre à minuit, tous les temples bouddhistes font sonner leur cloche 108 fois afin d'annoncer la nouvelle année. Ce chiffre sacré correspond aux 108 passions néfastes, que les coups de cloche sont censés éliminer de l'esprit des hommes pour l'année à venir.

Page 134.

1. Il s'agit du *kami* (esprit) de cette montagne. Selon l'animisme shintô, tous les éléments de la nature (rivières, rochers, arbres, montagnes, etc.) sont sacrés et habités par des *kami.*

Page 140.

1. Ce haiku, rédigé par une femme, semble faire écho aux vers suivants de la nonne Chiyo-ni (1703-1775) : *Hatsu yuki ya / mono kakeba kie / kakeba kie*

Première neige —
ce que j'écris se perd
ce que j'écris s'efface

Page 144.

1. Senshi rédige ce haiku peu avant sa mort : les montagnes qu'il évoque sont celles de Nagano, dans les Alpes japonaises, dont le poète était originaire.

2. *Gun-tô-no / gotoku gun-a-ga / kareno-wo-hatsu.* Dans les allitérations gutturales des deux premiers vers, on croirait véri-

tablement entendre cette nuée de corbeaux grailler en prenant son envol : la puissance évocatrice de ce poème est aussi sonore que visuelle.

Page 147.

1. Ce haiku datant de 1944 contient une subtile allusion à la guerre navale vouée à l'échec que le Japon continue alors de mener.

Page 148.

1. Il s'agit des masques que portent les Japonais lorsqu'ils sont enrhumés afin d'éviter la propagation des microbes (ou, au printemps, pour se protéger de l'allergie au pollen, très répandue dans le pays).

Page 151.

1. Mori Sumio écrivit ce haiku alors que son épouse était en train de mourir.

Page 153.

1. Ce haiku date de 1945, année où les raids aériens intensifs de l'armée américaine sur Tokyo réduisirent la ville en cendres.

Page 154.

1. Le 3 mars, on dresse des autels décorés de poupées en kimonos rouges dans les maisons où sont nées des petites filles. Ces festivités pleines de couleur marquent l'approche de la fin de l'hiver. Un jour de fête est également consacré aux petits garçons, le 5 mai. (Voir p. 39, n. 1.)

Page 158.

1. Les convictions communistes de Furusawa Taiho apparaissent clairement dans ses poèmes, mais ceux-ci sont empreints d'un humanisme qui s'oppose à la sécheresse de certains haiku

de gauche, comparables à des slogans, en vogue dans les années trente.

2. L'intense pauvreté du Japon d'après la défaite est palpable dans ce haiku de 1947.

HORS SAISON

Page 164.

1. Voir p. 65, n. 1.

2. Ce haiku est daté de 1940, année de la mort de Santôka. Le poète avait donc en réalité 58 ans lorsqu'il écrivit ces vers, mais le chiffre soixante (5 × 12, soit les cinq éléments — eau, bois, feu, terre, métal — combinés aux douze animaux de l'astrologie chinoise) représente un cycle de vie entier. (À propos de la symbolique du chiffre 6, voir également p. 79, n. 1.)

Page 165.

1. *Sarashikujira* : ce gras de baleine découpé en tranches fines, blanchies à l'eau pour enlever l'excès de graisse, constitue un mets traditionnel servi en accompagnement du saké.

Page 166.

1. « Banane » (*banana*) est en principe un kigo d'été, mais des haiku comme celui-ci décrivent en réalité des paysages tropicaux où règne un éternel été. Il ne s'agit plus dès lors d'une « saison » au sens que donnent à ce mot les *saijiki*, ou almanachs poétiques, mais bien d'un véritable champ de « hors saison », qui n'a cessé de s'agrandir avec l'ouverture du Japon au reste du monde.

Page 167.

1. Suzuki Murio a survécu de justesse à de graves blessures reçues sur le front des Philippines en 1942. Ce traumatisme de guerre a inspiré nombre de ses haiku.

Page 168.

1. *Gari-gari* : cette onomatopée évoque le bruit produit par la carapace d'un insecte, assimilant le char de guerre à un monstrueux scarabée dont la place n'est plus dans les saisons humaines. Le bruit du char pareil à une carapace, la fleur rouge que fait éclore la mitraillette : ces références aux anciennes saisons permettent, indirectement, de dire toute *l'inhumanité* de la guerre, puisque le kigo (mot-saison) traditionnel avait justement pour rôle d'ancrer l'homme et ses activités au sein de la nature et de ses phénomènes. Seul le poème « hors saison » permettra aux auteurs de haiku antimilitaristes d'exprimer ce qui est « hors de l'humain ». (Sur le haiku face à la guerre, voir aussi *Haiku*, *op. cit.*, p. 211.)

2. Voir note précédente.

Page 169.

1. Le 15 août 1945, l'empereur annonçait à son peuple, dans un discours diffusé à la radio, la capitulation sans conditions du pays. Aucun Japonais n'avait jamais entendu le son de la voix du « Dieu vivant », et la plupart, frappés de stupeur, ne comprirent même pas le sens du message, tant les expressions en étaient compliquées et surannées.

Page 170.

1. Saitô Sanki, auteur de nombreux haiku antimilitaristes, a visité Hiroshima en 1947, deux ans à peine après la tragédie. Il commente ainsi ce haiku dans l'édition originale : « Au coin d'une rue de cette ville, dont des habitants s'étaient retrouvés la peau pendant en lambeaux à cause d'un aveuglant éclair de feu, j'ai pour la première fois ouvert la bouche, dans une nuit venteuse et infiniment sombre, afin de manger un œuf dur. »

Page 171.

1. Les haiku de Abe Kan'ichi, psychiatre de profession, semblent raconter une histoire dont le lecteur est exclu : on ne

sait jamais ni où ni quand la scène se déroule. Selon les propres termes du poète, le haiku doit à la fois « donner une impression d'inachevé » et « le sentiment d'un achèvement qui se prépare », d'où l'impression de mystère caractéristique des vers de cet auteur.

Page 173.

1. Voir p. 76, n. 2.

2. Allusion de Terayama Shûji, féru de poésie française, au recueil de Raymond Radiguet, *Les joues en feu*, publié en 1920 :

Joues jalouses du châtiment
Que, jaillie hors du gant, ma main,
Frais jet d'eau, inflige à leurs sœurs…

Page 174.

1. Kaneko Tôta, dans *Gendaihaiku saijiki muki* (Almanach saisonnier hors saison), commente ainsi ce haiku de Hôsai et le suivant : « Le regard que [Hôsai] porte sur le sentiment de transparente solitude de l'être est toujours d'une bonté infinie. »

2. Hashimoto Mudô est détenu de 1941 à 1943, lors du mouvement de répression des haikistes commencé en 1940, au cours duquel seront également arrêtés Watanabe Hakusen, Saitô Sanki et Hirahata Seitô.

Page 175.

1. À propos de ce haiku et des deux suivants de Sumitaku Kenshin, voir p. 127, n. 1.

Page 176.

1. Dans ce fabuleux haiku en deux vers (rythme japonais : 5/7 au lieu de 5/7/5) de Taneda Santôka, se condense toute la philosophie bouddhique du karma : le seul chemin qui nous est donné est celui de notre vie. Même si celle-ci est l'aboutissement

d'autres chemins parcourus dans d'autres existences, sur ce chemin nous marchons seuls. Ce chemin-métaphore est aussi un chemin réel pour le poète, qui a passé une grande partie de sa vie à parcourir le Japon à pied. Il avance, sa vie entière est là.

Page 177.

1. La quarantaine est considérée au Japon comme une passe dangereuse, à cause de l'homonymie du chiffre « 4 » et du mot « mort » (*shi*). (Voir p. 26, n. 1.)

Page 181.

1. Ce haiku écrit en 1998, à l'occasion de la mort de Kurosawa Akira, fait allusion à son célèbre film, *Kagemusha* (L'Ombre du guerrier), Palme d'Or à Cannes en 1980.

2. *Shôwa otoroe* : le japonais, par essence plus elliptique et ambigu que le français, dit simplement : « Shôwa décline. » L'empereur Shôwa (également connu sous le nom de Hirohito) régna sur le Japon de 1926 à 1989, mais ce nom désigne également l'ère correspondant à son règne. Connaissant les positions antimilitaristes de Mitsuhashi Toshio, on peut légitimement voir dans ces vers, au-delà de l'image d'une époque qui s'achève, une critique voilée de l'empereur et de son rôle controversé pendant la guerre.

Page 182.

1. *Kuroshio* : courant intense transportant les eaux chaudes depuis la mer de Chine et les Philippines jusqu'au Pacifique central, en longeant l'archipel japonais. C'est le pendant asiatique du Gulf Stream.

Page 183.

1. Il s'agit du séisme qui ravagea la ville de Kôbe le 17 janvier 1995 à 5 h 46 du matin, faisant plus de cinq mille victimes.

INDEX CHRONOLOGIQUE DES AUTEURS

Selon l'usage japonais, le nom de famille précède toujours le prénom. Les Japonais ont coutume de nommer familièrement leurs auteurs préférés par leur seul prénom ou pseudonyme. Pour simplifier et faciliter les recherches, nous avons cependant choisi de signaler systématiquement nom et prénom.

Les auteurs féminins sont signalés par un astérisque (*).

TAKAHAMA Kyoshi, 1874-1959.
MATSUNE Tôyôjô, 1878-1964.
USUDA Arô, 1879-1951.
TANEDA Santôka, 1882-1940.
WATANABE Suiha, 1882-1946.
OGIWARA Seisensui, 1884-1976.
OZAKI Hôsai, 1885-1926.
IIDA Dakotsu, 1885-1962.
TOMIYASU Fûsei, 1885-1979.
HARA Sekitei, 1886-1951.
NAKATSUKA Ippekirô, 1887-1946.
TAKESHITA Shizunojo*, 1887-1951.
SUGITA Hisajo*, 1890-1946.
TAKAHASHI Awajijo*, 1890-1955.
OZAKI Meidô, 1891-1970.
YOSHIKAWA Eiji, 1892-1962 (célèbre auteur de romans historiques, notamment *La Pierre et le Sabre* et *La Parfaite Lumière*).

MIZUHARA Shûôshi, 1892-1981.
YAMAGUCHI Seison, 1892-1988.
TAKANO Sujû, 1893-1976.
SUGIMOTO Kajin, 1894-1948.
YOKOMITSU Riichi, 1898-1947.
HASHIMOTO Takako*, 1899-1963.
MITSUHASHI Takajo*, 1899-1972.
YOKOYAMA Hakkô, 1899-1983.
AWANO Seiho, 1899-1992.
SAITÔ Sanki, 1900-1962.
NAKAMURA Teijo*, 1900-1988.
NAGATA Kôi, 1900-1997.
HINO Sôjô, 1901-1956.
AKIMOTO Fujio, 1901-1977.
NAKAMURA Kusatao, 1901-1983.
SAKAGUCHI Gaishi, 1901-1989.
YAMAGUCHI Seishi, 1901-1994.
TOMIZAWA Kakio, 1902-1962.
MINAYOSHI Sôu, 1902-1983.
SHIBA Fukio, 1903-1930.
HASHIMOTO Mudô, 1903-1974.
HOSHINO Tatsuko*, 1903-1984 (fille de TAKAHAMA Kyoshi).
SHINOHARA Hôsaku, 1905-1936.
KATÔ Shûson, 1905-1993.
HIRAHATA Seitô, 1905-1997.
MATSUMOTO Takashi, 1906-1956.
YAMAGUCHI Hatsujo*, 1906-1985 (épouse de YAMAGUCHI Seishi).
SUZUKI Masajo*, 1906-2003.
TAKAHASHI Masô, 1907-1946.
AZUMI Atsushi, 1907-1988.
HOSOMI Ayako*, 1907-1997.
SÔMA Senshi, 1908-1976.
NAKAJIMA Takeo, 1908-1988.
ISHIKAWA Keirô, 1909-1975.
SHIMOMURA Kaita, 1910-1966.

TAKAYA Sôshû, 1910-1999.
AWAZU Shôsaishi, 1912-2005.
ISHIDA Hakyô, 1913-1969.
WATANABE Hakusen, 1913-1969.
FURUSAWA Taiho, 1913-2000.
KINOSHITA Yûji, 1914-1965.
TAGAWA Hiryoshi, 1914-1999.
KATSURA Nobuko*, 1914-2004.
NOMIYAMA Asuka, 1917-1970.
ISHIHARA Yakka, 1919-1998.
HARAKO Kôhei, 1919-2004.
SUZUKI Murio, 1919-2004.
KANEKO Tôta, né en 1919.
MORI Sumio, né en 1919.
MITSUHASHI Toshio, 1920-2001.
KUSAMA Tokihiko 1920-2003.
ISHIDA Katsuhiko, 1920-2004.
IIDA Ryûta, 1920-2007 (fils de IIDA Dakotsu).
TSUDA Kiyoko*, née en 1920.
IIJIMA Haruko*, 1921-2000.
SHIJÔ Haku, 1921-2000.
KIYOSAKI Toshio, 1922-1999.
FUKAMI Kenji, né en 1922.
MURAKOSHI Kaseki, né en 1922.
TAKAYANAGI Shigenobu, 1923-1983.
KUMAGAI Aiko*, née en 1923.
WADA Gorô, né en 1923.
MARUYAMA Kaidô, 1924-1999.
KOGA Mariko*, née en 1924.
YAGI Mikajo*, née en 1924.
AMEYAMA Minoru, 1926-2000.
FUJITA Shôshi, 1926-2005.
SHIBUYA Michi, né en 1926.
USAMI Gyomoku, né en 1926.
YAMADA Mizue*, née en 1926.
FUKUDA Kineo, 1927-2005.

YOSHIDA Tôshirô, né en 1927.
ABE Kan'ichi, né en 1928.
KAKIMOTO Tae*, née en 1928.
OKAMOTO Hitomi*, née en 1928.
AOYAGI Shigeki, né en 1929.
HIROSE Naoto, né en 1929.
ARIMA Akito, né en 1930.
MAYUZUMI Shû, né en 1930.
YOMOGIDA Kieko*, née en 1930.
INAHATA Teiko*, née en 1931 (petite-fille de TAKAHAMA Kyoshi).
KAGIWADA Yûko*, née en 1932.
UEDA Gosengoku, 1933-1997.
HOSHINAGA Fumio, né en 1933.
ORIGASA Bishû, 1934-1990.
TERAYAMA Shûji, 1935-1983 (écrivain, cinéaste, dramaturge et poète).
YASUI Kôji, né en 1936.
ÔGUSHI Akira, né en 1937.
TAKAHASHI Mutsuo, né en 1937.
MORITA Tomoko*, née en 1938.
SUGAWA Yôko*, née en 1938.
HORIMOTO Gin, né en 1942.
KADOKAWA Haruki, né en 1942.
FUYUNO Niji*, 1943-2002.
ISHI Kanta, né en 1943.
YOSHIMURA Ikuyo*, née en 1944.
CHIBA Kôshi, né en 1947.
AKIO Bin, né en 1950.
IMAI Sei, né en 1950.
SHIRAISHI Tsukako*, née en 1950.
NAKAHARA Michio, né en 1951.
MASAKI Yûko*, née en 1952.
HASEGAWA Kai, né en 1954.
KIMURA Toshio, né en 1956.
OZAWA Minoru, né en 1956.

SUZUKI Shin'ichi, né en 1957.
ISHIDA Kyôko*, née en 1958.
YOTSUYA Ryû, né en 1958.
TANAKA Hiroaki, 1959-2004.
HIHARA Tsutae, né en 1959.
IGUSA Keiko*, née en 1959.
TAKADA Masako*, née en 1959.
KAI Michiko*, née en 1960.
SUMITAKU Kenshin, 1961-1987.
MAYUZUMI Madoka*, née en 1962 (fille de MAYUZUMI Shû).
YAMAGISHI Ryûji, né en 1966.
GOTÔ Takatoshi, né en 1968.
SUGIURA Keisuke, né en 1968.
SHÔNO Takeshi, né en 1970.
TAKAHASHI Shizumi*, née en 1973.

INDEX ALPHABÉTIQUE DES AUTEURS

ABE Kan'ichi (né en 1928), 72, 171.
AKIO Bin (né en 1950), 63.
AKIMOTO Fujio (1901-1977), 112.
AMEYAMA Minoru (1926-2000), 63, 146.
AOYAGI Shigeki (né en 1929), 87, 160.
ARIMA Akito (né en 1930), 113, 134.
AWANO Seiho (1899-1992), 26, 28, 73, 84, 107, 109, 134, 150.
AWAZU Shôsaishi (1912-2005), 100.
AZUMI Atsushi (1907-1988), 182.

CHIBA Kôshi (né en 1947), 46, 72, 73, 92, 98.

FUJITA Shôshi (1926-2005), 74, 79.
FUKAMI Kenji (né en 1922), 123.
FUKUDA Kineo (1927-2005), 31, 77, 129, 140.
FURUSAWA Taiho (1913-2000), 158.
FUYUNO Niji* (1943-2002), 24, 26, 32, 69, 81, 108, 115, 124, 127, 152, 178.

GOTÔ Takatoshi (né en 1968), 39, 67, 90.

HARA Sekitei (1886-1951), 122.
HARAKO Kôhei (1919-2004), 85, 102, 144.
HASEGAWA Kai (né en 1954), 45, 61, 70, 78, 140.

HASHIMOTO Mudô (1903-1974), 85, 173, 174.
HASHIMOTO Takako* (1899-1963), 50, 140.
HIHARA Tsutae (né en 1959), 51, 99.
HINO Sôjô (1901-1956), 135, 138.
HIRAHATA Seitô (1905-1997), 40.
HIROSE Naoto (né en 1929), 159.
HORIMOTO Gin (né en 1942), 180.
HOSHINAGA Fumio (né en 1933), 13, 26, 29, 30, 59, 60, 69, 79, 102, 111, 137, 183.
HOSHINO Tatsuko* (1903-1984), 96, 114, 115, 119.
HOSOMI Ayako* (1907-1997), 52.

IGUSA Keiko* (née en 1959), 153.
IIDA Dakotsu (1885-1962), 23, 25, 34, 54, 81, 113, 148, 154.
IIDA Ryûta (1920-2007), 40, 45, 128, 135, 160.
IIJIMA Haruko* (1921-2000), 63, 117, 119, 179.
IMAI Sei (né en 1950), 42, 44, 65, 73, 78, 79, 88, 102, 103, 117, 121, 131, 143, 150.
INAHATA Teiko* (née en 1931), 123.
ISHI Kanta (né en 1943), 91.
ISHIDA Hakyô (1913-1969), 24, 32, 81, 85, 121, 136.
ISHIDA Katsuhiko (1920-2004), 120.
ISHIDA Kyôko* (née en 1958), 33.
ISHIHARA Yakka (1919-1998), 29, 75.
ISHIKAWA Keirô (1909-1975), 23, 148.

KADOKAWA Haruki (né en 1942), 62, 109, 118.
KAGIWADA Yûko* (née en 1932), 46, 124, 154, 156.
KAI Michiko* (née en 1960), 104, 120, 131, 151.
KAKIMOTO Tae* (née en 1928), 36, 83, 90, 103, 123, 157.
KANEKO Tôta (né en 1919), 17, 25, 30, 38, 47, 75, 83, 97, 108, 145, 155, 179, 182.
KATÔ Shûson (1905-1993), 9, 15, 16, 30, 44, 45, 46, 82, 105, 114, 132, 134, 141, 181.
KATSURA Nobuko* (1914-2004), 137.
KIMURA Toshio (né en 1956), 100, 178.

KINOSHITA Yûji (1914-1965), 61, 143.
KIYOSAKI Toshio (1922-1999), 11, 44, 183.
KOGA Mariko* (née en 1924), 111.
KUMAGAI Aiko* (née en 1923), 181.
KUSAMA Tokihiko (1920-2003), 138, 150, 152.

MARUYAMA Kaidô (1924-1999), 41.
MASAKI Yûko* (née en 1952), 31, 52, 136.
MATSUMOTO Takashi (1906-1956), 33, 37, 42, 53.
MATSUNE Tôyôjô (1878-1964), 33.
MAYUZUMI Madoka* (née en 1962), 25, 32, 48, 51, 59, 88, 110, 119, 122, 135, 139.
MAYUZUMI Shû (né en 1930), 62, 66, 67, 71, 86, 95, 159.
MINAYOSHI Sôu (1902-1983), 15, 96, 139.
MITSUHASHI Takajo* (1899-1972), 8, 62.
MITSUHASHI Toshio (1920-2001), 50, 71, 133, 168, 169, 170, 172, 181.
MIZUHARA Shûôshi (1892-1981), 16, 27, 28, 31, 39, 55, 68, 84, 107, 110, 145.
MORI Sumio (né en 1919), 151.
MORITA Tomoko* (née en 1938), 180.
MURAKOSHI Kaseki (né en 1922), 138.

NAGATA Kôi (1900-1997), 24, 34, 35, 47, 78, 91, 163.
NAKAHARA Michio (né en 1951), 43, 97, 142, 143.
NAKAJIMA Takeo (1908-1988), 152.
NAKAMURA Kusatao (1901-1983), 41, 47, 98, 99, 112, 115, 120, 138, 153.
NAKAMURA Teijo* (1900-1988), 49, 53, 110, 116.
NAKATSUKA Ippekirô (1887-1946), 66, 67, 86, 149, 156.
NOMIYAMA Asuka (1917-1970), 15, 35, 144.

OGIWARA Seisensui (1884-1976), 55, 130, 164, 177.
OKAMOTO Hitomi* (née en 1928), 151, 156.
ÔGUSHI Akira (né en 1937), 7, 160.
ORIGASA Bishû (1934-1990), 42, 104.

OZAKI Hôsai (1885-1926), 19, 174.
OZAKI Meidô (1891-1970), 36, 146.
OZAWA Minoru (né en 1956), 23, 29, 35, 40, 71, 72, 129, 132, 165, 166.

SAITÔ Sanki (1900-1962), 12, 68, 76, 90, 101, 147, 148, 168, 170.
SAKAGUCHI Gaishi (1901-1989), 182.
SHIBA Fukio (1903-1930), 19, 52.
SHIBUYA Michi (né en 1926), 137, 142.
SHIJÔ Haku (1921-2000), 163.
SHIMOMURA Kaita (1910-1966), 158.
SHINOHARA Hôsaku (1905-1936), 19, 82, 89, 165, 166.
SHIRAISHI Tsukako* (née en 1950), 36.
SHÔNO Takeshi (né en 1970), 101, 111, 178.
SÔMA Senshi (1908-1976), 132, 144.
SUGAWA Yôko* (née en 1938), 65, 74, 89, 157.
SUGIMOTO Kajin (1894-1948), 166.
SUGITA Hisajo* (1890-1946), 50.
SUGIURA Keisuke (né en 1968), 10, 183.
SUMITAKU Kenshin (1961-1987), 9, 77, 99, 103, 106, 127, 128, 131, 163, 165, 175, 176, 177.
SUZUKI Masajo* (1906-2003), 91, 124.
SUZUKI Murio (1919-2004), 60, 139,167, 168.
SUZUKI Shin'ichi (né en 1957), 39, 76, 80, 105, 170.

TAGAWA Hiryoshi (1914-1999), 49, 87, 92, 121, 136.
TAKADA Masako* (née en 1959), 101, 129.
TAKAHAMA Kyoshi (1874-1959), 38, 88, 95, 106, 118.
TAKAHASHI Awajijo* (1890-1955), 70.
TAKAHASHI Masô (1907-1946), 113.
TAKAHASHI Mutsuo (né en 1937), 38, 128, 130, 149.
TAKAHASHI Shizumi* (née en 1973), 167.
TAKANO Sujû (1893-1976), 41, 48, 54, 77, 149, 172.
TAKAYA Sôshû (1910-1999), 179.
TAKAYANAGI Shigenobu (1923-1983), 64, 164.

TAKESHITA Shizunojo* (1887-1951), 60.
TANAKA Hiroaki (1959-2004), 43, 86.
TANEDA Santôka (1882-1940), 19, 92, 164, 176, 177.
TERAYAMA Shûji (1935-1983), 43, 59, 64, 70, 76, 80, 84, 105, 106, 112, 145, 146, 147, 153, 157, 162, 173.
TOMIYASU Fûsei (1885-1979), 34, 55, 116, 141.
TOMIZAWA Kakio (1902-1962), 118.
TSUDA Kiyoko* (née en 1920), 66.

UEDA Gosengoku (1933-1997), 16, 87, 114, 117.
USAMI Gyomoku (né en 1926), 154.
USUDA Arô (1879-1951), 51.

WADA Gorô (né en 1923), 27, 54, 127, 141, 142.
WATANABE Hakusen (1913-1969), 69, 122, 167, 169.
WATANABE Suiha (1882-1946), 28, 98, 130.

YAGI Mikajo*(née en 1924), 49, 154.
YAMADA Mizue* (née en 1926), 100.
YAMAGISHI Ryûji (né en 1966), 155.
YAMAGUCHI Hatsujo* (1906-1985), 37.
YAMAGUCHI Seishi (1901-1994), 64, 74, 89, 97, 116, 133, 147.
YAMAGUCHI Seison (1892-1988), 53.
YASUI Kôji (né en 1936), 176.
YOKOMITSU Riichi (1898-1947), 159.
YOKOYAMA Hakkô (1899-1983), 61, 80, 133.
YOMOGIDA Kieko* (née en 1930), 96.
YOSHIDA Tôshirô (né en 1927), 104.
YOSHIKAWA Eiji (1892-1962), 109.
YOSHIMURA Ikuyo* (née en 1944), 75, 180.
YOTSUYA Ryû (né en 1958), 37, 48, 83, 107, 108.

Avant-propos de Corinne Atlan et Zéno Bianu 7
Note sur l'anthologie 14

PRINTEMPS

Passages de la saison 23
Inventaire des cieux 29
Célébration du paysage 32
Des hommes et des bêtes 38
Le grand herbier 46

ÉTÉ

Passages de la saison 59
Inventaire des cieux 63
Célébration du paysage 68
Des hommes et des bêtes 69
Le grand herbier 84

AUTOMNE

Passages de la saison 95
Inventaire des cieux 97
Célébration du paysage 109
Des hommes et des bêtes 111
Le grand herbier 118

HIVER

Passages de la saison 127
Inventaire des cieux 131
Célébration du paysage 140
Des hommes et des bêtes 147
Le grand herbier 157

HORS SAISON 161

DOSSIER

Bibliographie 187
Notes 191
Index chronologique des auteurs 208
Index alphabétique des auteurs 213

Dans la même collection

HAIKU. ANTHOLOGIE DU POÈME COURT JAPONAIS. *Édition de Corinne Atlan et Zéno Bianu.*

ANTHOLOGIE DE LA POÉSIE JAPONAISE CLASSIQUE. *Édition de Gaston Renondeau.*

ANTHOLOGIE DE LA POÉSIE CHINOISE CLASSIQUE. *Édition de Paul Demiéville.*

Ce volume,
le quatre cent trente-huitième
de la collection Poésie,
composé par Interligne
a été achevé d'imprimer sur les presses
de l'imprimerie Bussière à Saint-Amand (Cher),
le 20 novembre 2007.
Dépôt légal : novembre 2007.
Numéro d'imprimeur : 073810/1.
ISBN 978-2-07-034240-2./Imprimé en France.

147063